わたしたちの未来

中林たかのり

県知事は小学生？
濱野京子・作
橋はしこ・絵
県知事
PHP

県知事は小学生？　目次

登場人物紹介

大井政作（おおいせいさく）
Ｘ県の県知事。四回連続して選挙で当選し、県知事を続けている。尊憲とともに事故《じこ》に巻《ま》き込《こ》まれ、意識《いしき》不明となる。

中林尊憲（なかばやしたかのり）
小学六年生。県知事・大井政作とともに米軍ヘリの墜落《ついらく》事《じ》故《こ》に巻《ま》き込《こ》まれる。母と二人暮《ぐ》らし。目立つことなく日々過《す》ごしている。

中林民世（なかばやしたみよ）
尊憲の母親。市役所に勤《つと》めている。夫を亡《な》くして尊憲を一人で育てている。

杉田尚樹（すぎたなおき）
県知事の秘書《ひしょ》。県知事の傍若無人《ぼうじゃくぶじん》な言動にいつも振《ふ》り回《まわ》されている。

小平和奏（こだいらわかな）
小学六年生。尊憲の幼《おさな》なじみ。頭が良く両親や大人の話をよく聞いている。

細川幹生（ほそかわみきお）
小学六年生。尊憲の同級生。クラスのリーダー的存《そん》在《ざい》で、いつも学級委員をさせられている。

プロローグ

四月九日午後四時頃《ごろ》、X県《エックスけん》黄川《きかわ》駐屯地《ちゅうとんち》（黄川町《きかわちょう》）に向かう米軍のヘリコプターが付近の畑地に墜落《ついらく》しました。この事故《じこ》で、視察《しさつ》のために駐屯地《ちゅうとんち》に向かう途中《とちゅう》の大井政作《おおいせいさく》県知事ほか、五名が重軽傷《じゅうけいしょう》を負いました。目撃者《もくげきしゃ》によると、大井《おおい》知事が乗車していた公用車のフロントガラスを、ヘリコプターからの落下物が直撃《ちょくげき》したとのことです。負傷《ふしょう》したのは、大井《おおい》知事のほか、ヘリコプターの乗員二名と、公用車の運転手、たまたま付近を歩いていた小学生で、いずれも命に別状《べつじょう》はないとのことです。（Xネットニュース　四月九日午後八時配信）

4月9日午後4時頃、X県黄川駐屯地（黄川町）付近の畑地に米軍のヘリコプターが墜落しました。この事故で、視察のために駐屯地に向かう途中の大井政作（おおいせいさく）県知事ほか、5名が重軽傷を負いました。目撃者によると、大井知事が乗車していた公用車のフロントガラスを、ヘリコプターからの落下物が直撃したとのことです。負傷したのは、大
黄川町で米軍ヘリが墜落。大井県知事が負傷。ほかの重軽傷者5名には小学生も。
XX/4/10 5:00

四月九日午後、X県《エックスけん》黄川町《きかわちょう》で米軍のヘリコプターの墜落事故《ついらくじこ》に巻《ま》き込《こ》まれた大井政作《おおいせいさく》知事は、顔や肩《かた》に傷《きず》を負い、全治三週間と診断《しんだん》された。（P新聞デジタル　四月十日午前五時配信）

四月九日のヘリコプター墜落事故《ついらくじこ》で負傷《ふしょう》した黄川町立黄川小学校《きかわちょうりつきかわしょうがっこう》六年の中林尊憲《なかばやしたかのり》くんは、事故《じこ》直後に、救急隊員に次のように語っていたことが、市消防局《しょうぼうきょく》への取材でわかった。

「ヘリがうるさいなと思って立ち止まって空を見た。ヘリは飛び方がちょっと変だった。向かい側からは車が近づいてきていた。その時、ヘリから何か落ちてきて車にぶつかった。気がついたら、ぼくは吹《ふ》き飛《と》ばされて畑の中で尻餅《しりもち》をついていた。車の方から白いモワッとしたものが飛んできたような気がする」。その直後、尊憲《たかのり》くんは意識《いしき》を失ったが、入院先の医師《いし》によれば、けがは軽傷《けいしょう》で、数日で退《たい》院《いん》できる見込《みこ》み。（青田《あおた》タイムズ四月十日朝刊）

黄川町で米軍ヘリ墜落
大井県知事らが重軽傷か

一　目覚めるとそこは病室

目の前が真っ暗で、何も見えない。いったい、ここはどこなんだろう？　何が起こったんだろう。

頭が割《わ》れるように痛《いた》い。なんだかわけのわからないものが、頭の中をかき回しているようで、気分もサイアクだ。

声が追いかけてくる。……おい、おまえはだれだ。おい、返事をしろ。なんでこんなところにいるんだ？

眠《ねむ》い……。意識《いしき》が、遠のく……。

＊　＊　＊

ふいに、意識《いしき》が戻《もど》ってきた。今のは、夢《ゆめ》？

ざわざわと物音がする。だれかが何かしゃべっている。聞き覚えのある声で、ぼくの名前を呼《よ》んでいる。尊憲《たかのり》、尊憲《たかのり》、と。

うっすらと目を開いた。けれど、まぶしいと思って、またすぐに目を閉《と》じてしまった。それから顔を少しだけ横に向ける。そのとたん、ズキッとした痛《いた》みが走る。

そうだ、あの時、いきなりヘリコプターから何か落ちてきて……。けれど、その記憶《きおく》はなんだかぼんやりとしていて、現実感《げんじつかん》がない。

再び、目を開ける。白い天井《てんじょう》が見えた。そして、蛍光灯《けいこうとう》の灯《あか》り。でも、朝か夜かもわからない。

「目が覚めたの？　よかった！」

ああ、母さんの声だ。

「ここは、どこだ？」

ぼくの口から声が出たが、なんだか変だ。その言葉は自分が口にしたものとは思えなかったのだ。

「病院よ。覚えてない？　あんたは昨日、事故《じこ》に遭《あ》って病院に運ばれたの。それから一晩《ひとばん》、ずっと意識《いしき》が戻《もど》らなかったのよ。でも、よかった。ほんとによかった。けがはたいしたことないそうだから。きっとショックで気を失ったんでしょうって」

ということは、今は朝のようだ。

「よかったですね。これで安心です。検査《けんさ》で異常《いじょう》がなければ、明日には退院《たいいん》できるでしょう」

と別の声が言った。視線《しせん》だけ動かすと、白衣を着た女の人が見えた。お医者さんみたいだ。

「杉田《すぎた》はどこだ?」

「尊憲《たかのり》、何を言っているの? 杉田《すぎた》って、だれのこと?」

母さんがぼくに聞く。返事はできなかった。

「ショックで、まだ意識《いしき》が混濁《こんだく》しているようですね」

という、お医者さんの声が耳に届《とど》く。

「おい、鏡を貸《か》してくれ」

ぼくの声が言った。でも、その言葉を口にしたのはぼくではない。なぜだか、ぼくが思ってないことが声になるが、母さんはそのことに気がつかない。

「鏡？　まあ、尊憲《たかのり》ときたら、顔の傷《きず》が気になるの？　大丈夫《だいじょうぶ》よ、傷《きず》は残らないって先生も請《う》け合ってくれたから」

母さんが、ちょっと笑ってから、スマホカバーについている小さな鏡をぼくの顔に向ける。スマホの時計は、七時二十分。頭に包帯が巻《ま》かれているのが見えた。母さんがスマホを少し動かす。顔が見えた。そのとたん、ギャッと小さく叫《さけ》ぶ声が出た。

「尊憲《たかのり》？」

心配げに問いかける母さんの声が聞こえたが、ぼくの意識《いしき》は飛んでしまった。

＊　＊　＊

はっと我《われ》に返った。母さんが、心配そうな顔で、ぼくの顔をのぞきこんでいる。

手にまだスマホを握《にぎ》っているので、ぼくはそれに手を伸《の》ばしてカバーを開く。時刻《じこく》は、七時二十三分。鏡を見た時から、三分しかたっていなかった。

「気がついたのね。もう、びっくりさせないでちょうだい。急に気を失うなんて」

母さんは眉《まゆ》を寄《よ》せながら、ぼくの顔をのぞきこんでいる。

「母さん……」

今度は自然に声が出た。

「よかったわ」

「ごめん、ちょっと、びっくりしちゃって」

と答えたが、いったい何にびっくりしたのだろう。頭に包帯を巻《ま》いた姿《すがた》に驚《おどろ》いたのではない。たぶん、鏡に映《うつ》った自分の顔に驚《おどろ》いていたような……。

頭の傷《きず》はズキズキするけれど、我慢《がまん》できないほどではなかった。それより、どういうわけか、頭の中がすっきりしないのだ。軽く首を振《ふ》ってから、母さんに聞いた。

「仕事は？」

「大丈夫《だいじょうぶ》よ。今日はお休みもらったから」

母さんはぼくの手を包帯の上からそっとなでた。

ぼくには父親がいない。ぼくがまだ小さい頃《ころ》に、病気で亡《な》くなってしまったのだ。きょうだいもいないから、母さんとの二人暮《ぐ》らしだ。

母さんは今、黄川町《きかわちょう》の隣《となり》の青田市役所《あおたしやくしょ》で働いている。といっても、正規採用《せいきさいよう》の公務員《こうむいん》ではなく、非常勤《ひじょうきん》で月に十六日しか働けないので、給料は安い。けれど、仕事にはやりがいを感じているみたいだ。それなのに、仕事を休ませてしまった。

「ほんとに仕事、いいの？」

「あんたはそんなこと心配しなくていいのよ」

しばらくすると、朝食が運ばれてきたので、ゆっくりと半身を起こした。頭もちょっと痛《いた》いし、右手には包帯が巻《ま》かれて鬱陶《うっとう》しいけれど、ほかに痛《いた》むところはなかった。

パンと野菜スープ、ミニトマトとブロッコリーを添《そ》えた卵焼《たまごや》き、牛乳《ぎゅうにゅう》。お米のご飯ではなかったから、なんとか左手でも食べられた。

事故《じこ》のあと、何も食べてなかったから、そうとうお腹《なか》が空《す》いていたようで、どんどん食べられる。病院のご飯も、けっこういけると思った。

それにしても、なんでこんなことになったのだろう。

昨日、ぼくは、学校から帰ったあとで、図書館に行った。事故《じこ》に遭《あ》ったのはその帰りだった。あの時……。

ちらっと後ろを振《ふ》り返《かえ》ると、ヘリコプターが飛んできたのが見えた。バリバリバリというやかましい音に、思わず顔をしかめる。ここ黄川町《きかわちょう》では、少し前から自衛《じえい》隊《たい》の基地《きち》をアメリカ軍が利用するようになったため、前よりうるさくなってしまった。

ヘリコプターがちょうどぼくの頭上を越《こ》した時、ずいぶん、低いところを飛んでいるな、と思った。一瞬《いっしゅん》、ホバリングでもするみたいに、空中で動きが止まったように見えた。それからまた、少し高度を上げたが、なんだかゆらゆら揺《ゆ》れている。明らかに飛び方が変だ。そして……。

「あっ!」

ぼくは思わず叫《さけ》んだ。何かが落ちてくる! まさか、部品?

同時に、前の方から黒い乗用車が近づいてくるのが視界《しかい》に入った。その直後、黒い車のフロントガラスにヘリコプターからの落下物が直撃《ちょくげき》した。激《はげ》しい音を立ててガラスが四方に飛び散り、ぼくが立っている方にも破片《はへん》が飛んできた。

「わあ！」

ぼくは、とっさに腕《うで》を顔の前に上げた。車の後方で、ヘリコプターが墜落《ついらく》したのが目に入った。ものすごい風圧《ふうあつ》におそわれたぼくは、畑の方に飛ばされて尻餅《しりもち》をついた。

その時、割《わ》れた車のフロントガラスから、白っぽいふわふわしたものが飛び出てくるのが見えた。それは空中を漂《ただよ》いながら近づいてきて、尻餅《しりもち》をついて動けなくなっていたぼくの顔にぶつかり、スーッと消えた。それからあとのことは覚えていない。

気がついたら救急車に乗っていた。救急車の中で、ぼくは一度目を開いて、隊員さんに何かしゃべったらしい。けれども、すぐにまた気を失ってしまったそうだ。

あの白っぽいものは、なんだったのだろう。煙《けむり》とは違《ちが》う。でも、もしかしたら、目の錯覚《さっかく》だったかもしれない。

「たいしたけがでなくて、ほんとによかったわ」

母さんの言葉で、ぼくは我《われ》に返った。

「ぼく、事故《じこ》に遭《あ》ったんだよね？」

だけど、自分がけがをした瞬間《しゅんかん》の記憶《きおく》がないのだ。思い出そうとすると、なぜだか、頭がもやもやしてしまう。

「そうよ。でも、その時のことは、目撃者《もくげきしゃ》がいなくてよくわからないの。音にびっくりした近所の人が家を飛び出してきて、救急車を呼《よ》んでくれて。その時あんたは、自動車から少し離《はな》れた畑の中で、仰向《あおむ》けに倒《たお》れていたんですって。頭と腕《うで》にけがをしてたから、たぶん、フロントガラスの破片《はへん》が飛んできたのだろうということになったのだけど」

「そっか」

ぼくは、ベッドから降《お》りた。

「どうしたの？」

「おしっこ」

「一人で行ける？」

「大丈夫《だいじょうぶ》だよ」

そう言って病室から出ていくと、ナースステーションで場所を教えてもらって、トイレに向かった。だけど、本当は、すごくトイレに行きたかったわけではなかった。確《たし》かめたかったのだ。目が覚めてからずっとまとわりついていた、奇妙《きみょう》な、なんとも気持ち悪い感覚がいったいなんなのかを。


トイレにはほかに人がいなかった。鏡に映《うつ》る自分の顔。頭に包帯を巻《ま》いている。でも、見た目に変化はない。間違《まちが》いなくぼく、中林尊憲《なかばやしたかのり》だ。それなのに、自分が自分でないような気がしてしまう。というより、自分の中にもう一人、別の人間がいる、という方が正しいかもしれない。

「だれだよ」

ぼくは、声に出して言ってみた。すると……。

――**おれは、大井政作《おおいせいさく》だ。**

という声がした。違《ちが》う。それは声ではなかった。言葉は、耳から聞こえたのではなく、直接《ちょくせつ》、頭に響《ひび》いて伝わってきたのだ。まるでＳＦ小説に出てくる、テレパシーかなんかのように。

二　ぼくの中にもう一人

「オオイセイサク？　だれだよ！」

ぼくは、思わず怒鳴《どな》ってしまった。いったい、自分の体に何が起こってしまったのだろう。自分の中にだれかがいる？　漫画《まんが》や映画《えいが》じゃあるまいし。そんなことがあってたまるか。もしかして、変な夢《ゆめ》を見続けているのだろうか。

鏡に映《うつ》るぼくの顔は、思い切り眉《まゆ》が寄《よ》っている。すぐにまた、頭の中で声が響《ひび》いた。

──おまえ、知らないのか。おれは、X県《エックスけん》の県知事だ。

「そんなのどうでもいいよ！　とにかく、ぼくから出ていってくれよ」

すぐに返事はなかった。ただ、考《かんが》え込《こ》むような気配が伝わってきた。やがて……。

──おれだって、そうしたい。

その声は、実際《じっさい》に音になって口から出ているわけではない。それでも、頭に響《ひび》く声の調子が、なんだかすごくえらそうだった。それで、さっき目覚めた時、病室で天井《てんじょう》を見たすぐあとに、ぼくの口から出た声の主であることに、気がついた。間違《まちが》いない。「ここは、どこだ？」とか、「杉田《すぎた》はどこだ？」とか言っていたヤツ。あれは、ぼくの声だったけれど、ぼくが言った言葉ではないのだ。あの時、声を出そうとしても、何も言えなかったのだから。

ぼんやりと考えていると、また頭に声が響《ひび》く。

——おい、どうやらおれの意識《いしき》は、おまえの中に入《はい》り込《こ》んでしまったようだ。おまえ、たしか、タカノリとか呼《よ》ばれていたな。おれの体がどうなっているか、調べろ。

また、命令するように言われた。ぼくは、思わず髪《かみ》をかきむしりたくなったけど、自分が頭と手にけがをしていることを思い出して、持ち上げた手を下ろした。

「体って、なんのことだよ」

——頭の悪いヤツだな。県知事がどうなっているか、だれかに聞けと言ってるんだ。

えらそうな言い方にムッとなった。けれどそれは、ぼくにとっても気になることだった。

「ほんとに、県知事なの？」

――だからそう言ってるだろ。自分の住んでる県の知事の名前ぐらい、覚えておくもんだ。

県知事は、テレビのローカルニュースに時々登場する。だから、そう言われれば、そんな名前だったような気もする。でも、もちろんどんな人かなんて、ぜんぜん知らない。ただ……。

「今の知事ってさ、あんまり評判《ひょうばん》良くないんだよな」

相手から言葉は返ってこなかったけれど、なんとなく、むすっとしている気分が伝わってきた。

ぼくがそう言ったのには理由がある。幼《おさな》なじみの小平《こだいら》和奏《わかな》が、いつも県知事のことを批判《ひはん》しているからだ。なぜかと言えば、県内の多くの人びとが反対しているのに、国の方針《ほうしん》だからといって、沿岸《えんがん》地域《ちいき》にある赤浜《あかはま》原発を再稼働《さいかどう》させようとしているからだ。

赤浜《あかはま》原発は、福島《ふくしま》の原発事故《じこ》のあと、一度は再稼働《さいかどう》されたものの、途中《とちゅう》でトラブルを起こして運転が止められた。それからは動いていない。けれど、電力会社は、早く再稼働《さいかどう》をしたいと考えているし、知事もそれを支持《しじ》していた。

今、頭の中であれこれ言っているのは、本当に県知事なのだろうか。だとしたら、そいつの「本体」がどうなっているのかは、ちゃんと確《たし》かめなければ、と思った。


我慢《がまん》できないほどではなかったけれど、トイレで用を済《す》ませてから病室に戻《もど》ると、母さんに心配そうな顔を向けられてしまった。

「ずいぶん遅《おそ》かったわね」

「あ、うん、ちょっと、鏡、見てて……」

なんて言いながら、ベッドの中に入る。

「ねえ、母さん。ひょっとして、県知事、事故《じこ》に遭《あ》ったの？」

「そうよ。というか、あんたは、そのとばっちりを受けたの。ほんとにひどい話ね。まあ、あんたのけがについては、知事を責《せ》めるわけにもいかないけれど」

と、母さんは言った。

「知事、死んだの？」

もしかしたら、体は死にそうで、魂《たましい》が、ぼくに取《と》り憑《つ》いたのかもしれないと思ったのだ。ところが、すぐにまた声が響《ひび》く。

——**ばか言うな。おれは生きてるぞ！**

「死にそうなのかもしれないよ」

ボソッとつぶやくと、母さんが眉《まゆ》をひそめた。

「そんな言い方したらだめよ」

——**そのとおり！　おれをだれだと思ってるんだ。県知事だぞ！　しかも四期連続で当選しているんだからな。**

頭の中で、いばりくさったような声が響《ひび》いたけれど、無視《むし》した。

でも、自分の中に入《はい》り込《こ》んできた、このえらそうなヤツが、本当に知事だとしたら、死ぬまぎわで、魂《たましい》だけが残っている可能性《かのうせい》もあるのではないだろうか。

「死んでないの？」

「命には別状《べつじょう》ないそうよ。この病院の個室《こしつ》に入院しているんですって。いちばんいい部屋らしいわ」

——おい、ちょっとその個室《こしつ》に行ってみろ。

何を考えているんだろう。ぼくだって県知事がどういう状態《じょうたい》なのか、知りたいとは思ったけれど、いきなり小学生が出向いたって、知事に会えるわけがないのに。

それで、

「無理だってば」

と、つい声に出して言ってしまった。

「何が無理なの？」

母さんに聞かれて、ぼくは慌《あわ》てて答えた。

「なんでもない」

うっかり県知事の言葉に返事をすると、えらいことになる。

「ねえ、母さん。ぼく、大丈夫《だいじょうぶ》だから、午後から仕事に行ったら？　忙《いそが》しいんでしょ」

「でも……」

「平気だよ。病院にいるんだから、かえって安心でしょ」

「それもそうね。じゃあ、仕事に行くことにする。お金を少し置いていくから、何かほしいものがあったら、一階の売店で買いなさいね」

母さんが、少し悲しそうに笑ったので、ぼくはちょっとだけ甘《あま》えるような調子で、

「仕事が終わったら、また寄《よ》ってくれるよね」

と言った。

一人になりたかった。いや、あいつと二人と言うべきだろうか。どのみち、病室は四人部屋だから、ここではあいつと話すこともできないけれど。

知事の声は頭に直接響《ちょくせつひび》いてくる。でも、知事にぼくの言葉を伝えるには、声に出すしかないようだ。ためしに、念じたり、心の中だけで呼《よ》びかけてみたりしたけれど、それではどうしても、伝わらなかった。

「どうしたらいいのかな……」

――とにかく、おれの体がどうなっているのか、確《たし》かめたい。だから、知事の病室に行ってくれ。

「そんなの、無理だって言ってるでしょ。ぼくが行ってどうすんだよ。会わせてくれるわけないし、小学生がいきなり病室を訪《たず》ねて、知事はどんな具合ですか、なんて聞けると思う?」

――そうだ、新聞だ。おい、新聞を手に入れろ。

面倒《めんどう》くさいなと思ったけど、ぼくは、母さんが置いていったお金を持って、一階に降《お》りていった。売店で新聞を買うと、ロビーの隅《すみ》で広げて、事故《じこ》の記事を探《さが》す。

「……知事は顔や肩《かた》などに傷《きず》を負ったが、命には別状《べつじょう》がなく、全治三週間だって。よかったね、たいしたけがじゃないみたいだよ」

――ふん。新聞に書いてあることなど、あてにならん。

自分で新聞を手に入れろと言ったくせに。なんか、すごいわがままだ。相手にしてられるかと思いながら、ぼくは病室に戻《もど》った。

戻《もど》るとすぐに昼食が運ばれてきた。昼食のあとは先生の診察《しんさつ》があって、いくつか検査《けんさ》も行った。

「どこも異常《いじょう》がなさそうなのに、なんで昨日は、あんなに眠《ねむ》り続けていたのかしら」

お医者さんは首をかしげたが、

「先生がわかんないこと、ぼくにわかるわけないよ」

と言うと、くすっと笑った。

「そうねえ。藪医者《やぶいしゃ》って言われちゃうわね。でも、元気そうだし、明日には退院《たいいん》できますよ」

それを聞いて、ほっとした。はっきりいって、ぼくの家は貧乏《びんぼう》だ。母子家庭だし、母さんは正規《せいき》の職員《しょくいん》ではない。だから、入院が長引いたら、余計《よけい》なお金を使わせてしまうことになるんじゃないかって、心配だったのだ。

でも、ほっとしたのは半分だけだった。今はおとなしくしているけれど、あのえらそうなヤツ——知事が、今もぼくの中にいると感じていたからだ。

三　県知事秘書《ひしょ》

いつの間にか、うとうとしていたようだ。はっと目覚めると部屋の時計は、午後三時。

のっそりと起き上がり、ベッドから降《お》りた。

《どこ行くの？》

ぼくが聞いた。でも、それは声にならない。

「おれの病室だ。杉田《すぎた》がいるかもしれない」

声は間違《まちが》いなくぼくのもの。けれど、これは県知事である大井政作《おおいせいさく》という人の言葉だ。県知事がまた口を開いた。

「どうやらおれたちは、眠《ねむ》るたびに、話すことができるというか、表に出る人格《じんかく》が入《い》れ替《か》わるようだな」

それは、さっき目が覚めた時に、ぼくもうすうす感じていたことだった。

ぼくが、いや、ぼくの体に居座《いすわ》った知事が病室を出ていく。そして、ナースステーションに行くと、

「知事の病室はどこだね？」

と聞く。ぼくは慌《あわ》てて叫《さけ》んだ。

《言葉遣《づか》いが変！　小学生なんだから！》

「あの、県知事さんの病室に、行きたいんですが」

「知事の？　でも、知事は特別室にいらっしゃるの。マスコミの人もまだ、面会できないはずよ」

看護師《かんごし》さんは困《こま》ったような顔で言った。そりゃあそうだろう。小学生がいきなり知事の病室に行きたいなんて、ありえない。

「では、秘書《ひしょ》の杉田《すぎた》を……杉田《すぎた》さんという人に会いたいと言ってほし……言ってください。大事な用があるんです」

正直言えば、知事の秘書《ひしょ》にだって会えるとは思っていなかった。ところが、看護《かんご》師《し》さんが連絡《れんらく》すると……。

「知事の病室に来てくださいって。特別室は、病棟《びょうとう》のいちばん上の階にあるからね。個室《こしつ》で、ドアに知事の名前が出ているから、すぐわかると思うわ。でも、秘書《ひしょ》の人は、このことをだれにも話さないようにっておっしゃってるわ。人に見られないように気をつけながら来てほしいって」

看護師《かんごし》さんは、首をかしげながらそう言った。

エレベーターで最上階に上がる。知事の病室はすぐに見つけられた。ぼくの病室よりも、ずいぶんりっぱそうな部屋のドアに、「大井政作様《おおいせいさく》」と書いた札がかかっていたのだ。

部屋のドアをノックすると、のっぺりとした顔の男の人が現《あらわ》れた。痩《や》せた人で、身長は、クラスで二番目に背《せ》が高いぼくと同じぐらいだった。

「君が、あの時、事故《じこ》に遭《あ》った少年なんだね。さあ、入って」

と、杉田《すぎた》さんに言われて、ぼくは――もう、ぼくたちといった方がいいかもしれない――病室に入っていった。

「どういうことなのか、現状《げんじょう》を報告《ほうこく》してくれ」

知事がそう言うと、杉田《すぎた》さんがきょとんとした顔を向けた。

「君、中林《なかばやし》くん、だよね」

「おれは、大井《おおい》だ」

「な、なんだって？」

「おれは、目覚めてないんだろう？　それもまあ、当然だろうな。おれの魂《たましい》はここにいるんだから」

「あ、あの、その、あわわ……」

杉田《すぎた》さんは、わけのわからないことを口走ると、何歩かあとずさって、目をぱちくりさせた。

《いきなりそんなこと言ったって、信じるわけないよ》

ぼくがそう言うと、知事はふんと、鼻を鳴らした。

「物事はとっとと進めるのがおれの流儀《りゅうぎ》だ。おまえのような暇《ひま》なガキとは違《ちが》う」

「あ、あの、君、何を言ってるの？」

まだ状況《じょうきょう》を飲《の》み込《こ》めない杉田《すぎた》さんが、おそるおそる聞いた。

「いいか。今、しゃべっているのは、正真正銘《しょうしんしょうめい》、大井政作《おおいせいさく》だ。おまえのボスのな。おまえは杉田尚樹《すぎたなおき》。四十二歳《さい》。家族は妻《つま》と二人。結婚《けっこん》は遅《おそ》くて三年前。仲人《なこうど》はおれがしてやった。四年前からおれの秘書《ひしょ》をやっている。どうだ？　小学生のガキが、おまえのことをこんなに詳《くわ》しく知っているはずはないだろう」

知事は、のしのしと歩いて――といっても見かけはあくまでぼくだけど――どかっとソファに腰《こし》を下ろすと、腕《うで》を組み、ついでにスリッパを放り投げるように脱《ぬ》ぎ捨《す》てて、ソファの上であぐらをかいた。

「そ、その姿勢《しせい》は、まさしく、大井《おおい》先生……では、本当に……」

杉田《すぎた》さんは、がくっと膝《ひざ》をついた。

「どうやら、おれの魂《たましい》というか、人格《じんかく》が、この子の中に入《はい》り込《こ》んだらしい」

「では、入《い》れ替《か》わって？」

《違《ちが》うよ。ぼくはちゃんとここにいる！》

ぼくは叫《さけ》んだが、その声はもちろん杉田《すぎた》さんには届《とど》かない。

「いや。おれとこの子は同居《どうきょ》している。今は、おれが前に出ていておれがしゃべっ

ているが、さっきは、この子、中林尊憲《なかばやしたかのり》という小学生が前に出ていた」

「は、はあ……」

杉田《すぎた》さんは、まだ戸惑《とまど》いを隠《かく》せないようだ。

「二重人格《じんかく》みたいなものだと思ってくれ」

たしかに、とぼくも思った。横柄《おうへい》でいやなおっさんだけど、さすがに大人だけあって、言うことが的確《てきかく》だ。でも、杉田《すぎた》さんは、すぐには信じ切れないようで、どこか、疑《うたが》わしそうな目で見ている。というよりも、どうしたらいいかわからない、といった風だった。けれど、知事の方は、そんな相手の様子などおかまいなしに、言いたいことを言う。

「杉田《すぎた》。それで、どういう状態《じょうたい》なんだ？　おれは」

「その……。実は、ごらんのとおりで。顔におけがをされたので、何ヵ所か縫《ぬ》いました。とはいえ、それほどの重傷《じゅうしょう》ではないそうです。ただ、なぜか意識《いしき》が戻《もど》らなくて……」

知事は、ソファから立ち上がると、ベッドに寝《ね》ている自分の本体を見つめた。顔中に包帯を巻《ま》かれ、肩《かた》や腕《うで》にも、包帯を巻《ま》いているようだった。

「軽傷《けいしょう》だとマスコミに流したのは、おまえだな」

「は、はい。実は、意識《いしき》を取《と》り戻《もど》していないことは、医師《いし》に固《かた》く口止めしています。あの、まずかったでしょうか」

「いや、それでいい。そうだ、おれの携帯《けいたい》をよこせ」

杉田《すぎた》さんは、ベッドのそばの台に置かれた携帯《けいたい》電話を知事に渡《わた》した。といっても差し出されたのはぼくの手なので、ためらいながら、おずおずと渡《わた》すという感じだった。知事はそれをひったくるようにつかむと、パジャマのポケットに押《お》し込《こ》んだ。

「今が議会が開かれる時期ではなくてよかった。杉田《すぎた》、今後は、おまえはおれの指《し》示《じ》に従《したが》え。知事は軽傷《けいしょう》だが、顔に傷《きず》を負い、しばらくは口がきけないということにして、おまえがおれの言葉を伝えるんだ。いつ、この子の体から、出られるかはわからないが、当面それしかない。あくまで、意識《いしき》が戻《もど》っていないことは隠《かく》せ。だれにも言うな。おれの家族にもだぞ。いいな」

「わ、わかりました」

杉田《すぎた》さんは、パジャマ姿《すがた》の小学生であるぼくに向かって、腰《こし》を九十度に折ってお辞儀《じぎ》をした。部屋の中なのでだれも見ていなかったが、もしも、看護師《かんごし》さんかだれかに見られたら、すごく驚《おどろ》かれただろう。

知事は、個室《こしつ》のりっぱな病室を出ると、四人部屋に戻《もど》った。

ナースステーションの前まで来ると、看護師《かんごし》さんが、

「あ、中林《なかばやし》くん、お見舞《みま》いの方が見えてるわよ」

と、言った。

「だれだ?」

「同級生とそのお母さんですって。小平《こだいら》さんという方よ」

それを聞いたぼくは、はっとなった。そして、慌《あわ》てて、

《おっさん、相手は、ぼくだと思ってるんだから、言葉とか、気をつけてよね》

と言った。

「わかっとる。しかし、おっさんとはけしからん。まったく、おれをなんだと思っ

てるんだ」

ぷりぷりしながら、知事がつぶやいた。

四　見舞客《みまいきゃく》

病室の手前で、

「それで、見舞《みま》いに来たのは、どういうヤツだ？」

と、知事が小さな声で聞いてきた。

《小平和奏《こだいらわかな》。家が近所の子。和奏《わかな》のお母さんは、うちの母さんと仲がいいんだ》

本当は、母親同士の仲がいいだけじゃない。和奏《わかな》は、ぼくにとっても気心が知れているクラスメイトだ。幼《おさな》なじみで、小さい頃《ころ》は、しょっちゅう家を行ったり来たりしていた。今は、それほど行き来はないけれど。それでも何かと話すことも多いから、いちばんの親友だ。

和奏《わかな》ははきはきしていてリーダーシップもある。けっこうかわいいし、男子からも女子からも人気がある。なんてことを、知事に伝える気はないので、

「どんな子だ」

とさらに聞かれたけど、簡単《かんたん》に説明するだけに留《とど》めた。

《和奏《わかな》は、勉強もできるし、しっかりしてる子だよ》

病室に入ると、和奏《わかな》が顔を振《ふ》り上《あ》げて笑《え》みを浮《う》かべた。ポニーテールの髪《かみ》がぴょんと跳《は》ねた。目が合ったのか、知事が、ぎこちなく和奏《わかな》に笑いかけると、和奏《わかな》は少し責めるように口をとがらせた。

「タカ、どこ行ってたの？　けが人のくせに」

「ふむ、少しばかり用があったんだ……よ」

えらそうな口ぶりで言いかけた知事だけど、慌《あわ》てて最後に「よ」という言葉をつけ足した。

「心配したよ。でも、たいしたけがでなくてよかった」

「そうだな。びっくりしたが。わざわざ、見舞《みま》いに来んでも……いや、おばさんまで来てくださるとは」

《おばさんじゃなくて、おばちゃんって、呼《よ》んで！　っていうか、あんまりしゃべらない方がいいよ》

わかったという風に、わずかに首を縦《たて》に振《ふ》って、ベッドに入る。

「なんか、変だよ、タカってば。しゃべり方も」

「そんなはずはない、よ」

ぼくは、思わずふーっとため息をついた。でもそれは、和奏《わかな》たちには聞こえない。

「ならいいけど。頭打ったせいかと思っちゃったよ」

「そんなことはない、よ」

「だけど、ついてなかったね。新学期早々、事故《じこ》に巻《ま》き込《こ》まれちゃうなんて。それもこれも、アメリカ軍に基地《きち》利用を認《みと》めたせいだってパパが言ってた。あれで、騒《そう》音《おん》もひど……」

和奏《わかな》の言葉を、知事がさえぎるように、

「しかし、国の方針《ほうしん》に……」

と言いかけたので、ぼくはつい、怒鳴《どな》ってしまった。

《黙《だま》ってよ！》

知事も、はっとして、言おうとした言葉を飲《の》み込《こ》んだ。

中林尊憲様

「ねえ、知事もけがしたんでしょ？　罰《ばち》が当たったんだよね」

「和奏《わかな》、そういう言い方はやめなさい」

和奏《わかな》のお母さんが注意すると、知事がうなずく。

「そうだ、よ」

知事は、また慌《あわ》てて「よ」を言い足した。

「だってぇ」

「いくら、あんな知事だといっても、事故《じこ》そのものには責任《せきにん》がないのだから」

和奏《わかな》のお母さんの言葉に、また知事が何か言うんじゃないかと心配したけれど、さすがに黙《だま》ったままだった。

《学校の様子、聞いてよ》

ぼくは、知事に頼《たの》んだ。ぼくたちの学校は、クラス替《が》えは二年ごとなので、顔ぶれは三月までと同じだし、先生も持ち上がりだから、あんまり緊張《きんちょう》はない。そうはいっても、新学期が始まったばかりなので、クラスの様子は気になるのだ。

「学校はどうだ、い？」

と、知事が聞く。

「特に変化はないかな。転校生でも来れば、少しはおもしろかったのにね」

「そうか」

「ねえ、いつ退院《たいいん》できるの？」

「明日の予定だ、よ」

「和奏《わかな》、そろそろ失礼しましょうか。タカちゃんの元気そうな顔を見られたし、すぐに退院《たいいん》できるみたいだものね」

「そうだね。けど、やっぱり腹《はら》が立つ。それに、オスプレイが来るなんて、絶対《ぜったい》反対！　パパも怒《おこ》ってたよ。じゃあ、タカ、またね」

和奏《わかな》がにっこり笑って手を振《ふ》る。それから二人は病室から出ていった。

「かわいい顔してるのに、口の悪い子だな。まったく、何もわかってないくせに。母親まで、あんな知事とかぬかしおって、実にけしからん。どういう教育をしているんだ」

《和奏《わかな》の家族は、今の知事のことが、大きらいだからね》
ぼくは、大きらいという言葉を、強調して言った。なぜって、最近は、アメリカ軍の夜間飛行訓練とかで航空機が夜に飛ぶことが増《ふ》えたし、今度はオスプレイまで配備《はいび》するらしい。オスプレイというのは、アメリカで造《つく》られた輸送機《ゆそうき》で、ヘリコプターみたいに垂直離着陸《すいちょくりちゃくりく》やホバリング、超低空《ちょうていくう》飛行のできる航空機だけど、これまで、何度か事故《じこ》を起こしていて安全面で問題になった。それが、ぼくたちの町にも来ることになるというので、和奏《わかな》の両親は、反対運動をしているのだ。
「おれは、正当に選挙で選ばれたんだぞ」
《けど、ぼくたちの町では、知事は人気ないらしいよ》
「おまえみたいなガキと議論《ぎろん》するつもりはない。何もわかっとらんのだしな。それより、あの和奏《わかな》という子は、おまえのガールフレンドか?」
ぼくは少し怒《おこ》ったように、
《ただの同級生だよ》
と言った。でも、今は知事が表に出ているので、ぼくはきっと、品のないにやにや笑いをしているのだろう。

「ただの同級生？　どうだかな」

知事は鼻で笑った。本当は、ただの同級生ではないかもしれない。ぼくはクラスの中では、目立つタイプではないし、友だちもあまり多くはない。そんなぼくにとって、和奏《わかな》は、いちばん気軽に、なんでも話せる友だちだ。でも別に、女子として好きとか、つきあっているというのとは違《ちが》う。小さい頃《ころ》から知っているから、だれよりも気心が知れているのだ。

《そんなことより、もうすぐ母さんが来るから、しゃべり方とか、気をつけてよ》

夕飯を食べ終えた頃《ころ》、母さんがやってきた。

「調子はどう？」

「まずまずだ、よ」

《まったく、もう少し小学生らしい言い方してよね》

ぼくは、少しハラハラしたが、母さんは特に気にする素振《そぶ》りもなく、

「明日は、家に帰れるからね」

と笑った。

「……うん」

「和奏《わかな》ちゃんと倫子《みちこ》さんが、お見舞《みま》いに来てくれたんですって？」

「ミチコ？」

知事がつぶやいたので、ぼくがすぐに説明した。

《和奏《わかな》のお母さんのことだよ》

「あ、うん。そうそう。来た、来てくれた、よ。なんで知ってる、の？」

「電話をくれたのよ。元気そうでよかったって言ってた。でも、和弥《かずや》さんが怒《おこ》ってたって」

ぼくは、知事が口を開く前に、慌《あわ》てて言った。

《和弥《かずや》さんってのは、和奏《わかな》のお父さんだから。あと、変なこと言わないでよ》

そう釘《くぎ》を刺《さ》すと、「わかっている」と小さな声で言った。おそらく母さんには聞こえなかったろう。

今日一日つきあってみて、この知事はかなりせっかちで、思ったことをすぐに口にしてしまう人間であることもわかってきていた。国の言いなりで、アメリカ軍の基地《きち》利用を認《みと》めたり、原発を動かすために、電力会社を優遇《ゆうぐう》してきた知事だから、たぶん母さんとは意見が合いそうもない。ついかっとなって、知事が変なことを言い出したら、ややこしいことになる。

と、そんなことを考えていて、ぼくはすっかりくたびれてしまった。知事も同じなのかもしれない。なんだかだるそうにあくびをする。それを見た母さんが言った。

「眠《ねむ》そうね。じゃあ、そろそろ帰るわね。明日、迎《むか》えにくるから」

「ああ、そうしてくれ、る？」

母さんが帰ったあと、ぼくは、ため息をついた。

一人の方がほっとできるなんて……。

いったいこんなことがいつまで続くのだろう。

明日の朝、目覚めたらすべて元のとおりに戻《もど》っていますように、と祈《いの》るように思いながら、いつしかぼくは眠《ねむ》りについていた。

五　退院《たいいん》、そして家へ

昨晩《さくばん》願ったことは、残念ながらかなわなかった。

朝が来て、今は、ぼくが前に出ている。けれど、ぼくの頭の中には、相変わらずあの横柄《おうへい》な知事の気配があったのだ。

そいつの声が、ぼくに呼《よ》びかけてくる。

——おい、起きてるか。

「起きてるよ」

——今日、おまえの家に行くことになるんだな。それで、少し、おまえや、おまえの家族について、聞いておいた方がいいと思ってな。その……母さんが、迎《むか》えにくる前にな。名前は中林尊憲《なかばやしたかのり》だったな。歳《とし》は、いくつなんだ？

「十一歳《さい》。小六で、黄川小学校《きかわしょうがっこう》に通ってる」

——きょうだいは？　それから、父親は、何をしてるんだ？

「ぼくは独《ひと》りっ子《こ》で、父親はいないよ」

——いない？

「ぼくが小さい頃《ころ》に、病気で死んだ」

少し間があった。

——そうだったのか。それで、母親が働いているのか？

「だからってわけじゃないよ。母さんは、父さんが死ぬ前から働いていたから。生活のためだけじゃない。働くことが好きなんだって言ってるし」

——母さんの名前は？　どこで働いているんだ？

「中林民世《なかばやしたみよ》。青田市役所《あおたしやくしょ》で働いてる。正職員《せいしょくいん》じゃないけどね。だからうちは貧乏《びんぼう》なんだ」

——タミヨ？

「うん。国民の民という字と世の中の世。古くさい名前だけど、母さんは気に入ってるんだってさ」

——そうか。で、おまえはどんなガキなんだ？

「どんなって、ふつうだよ」

——ふつうではわからんだろうが。学級委員とか、やってないのか？

「やってないよ。ぼくは、目立つのは好きじゃないんだ」

——おれは、児童会長だったし、中学では生徒会長もやったぞ。

「自慢《じまん》してるの？」

——ばか言え、事実を述《の》べているんだ。で、おまえの成績《せいせき》はどうだ。好きな教科は？

「そんなのどうでもいいでしょ」

——そうはいかない。おれが前に出ている時に、知っておかないとまずいだろう。

「母さんは、成績《せいせき》のことなんか、うるさく言ったりしないよ。っていうか、ここは知事の病室と違《ちが》って、個室《こしつ》じゃないんだから、静かにしてよ」

と、そんな会話をしているうちに、朝食の時間がきた。待ちに待った食事だ。というのも、食べている間は、知事からあれこれうるさいことを聞かれなくて済《す》むからだ。

食事のあとも、ぼくはしばらく本を読んで過《す》ごしていた。その日、母さんがやってきたのは、十時頃《ごろ》だった。

「尊憲《たかのり》、したくして。もう手続きも全部済《す》んでるからね。ほんとによかったわ。すぐに退院《たいいん》できて」

母さんは、ぎゅっとぼくのほっぺたを両手で包んだ。


病院の門を出ると、クラクションが鳴った。音の方を見ると、白っぽい軽自動車が、道の反対側に停まっていた。そして、

「中林《なかばやし》さん、送るよ」

と、窓《まど》から男の人が顔を見せる。

「あら、和弥《かずや》さん。すみません」

母さんが笑顔《えがお》で言って近づき、車のドアを開くと、先に乗るようにとぼくをうながした。

――こいつはだれだ？　母親の男か？

知事が聞いた。男か？　って、恋人《こいびと》という意味だろうか。なんかいやな感じだ。こういうのをきっと、ゲスの勘《かん》ぐりっていうのだ。

——しかし、昼間からふらふらして、女の尻《しり》を追っかけるとは、情《なさ》けない男だな。

思わずムッとなって、ぼくは、

「そんなんじゃないよ！」

と怒鳴《どな》ってしまった。

「どうしたの？　尊憲《たかのり》」

「あ、いや、なんでもないよ。それより、小平《こだいら》のおじさん、昨日は、おばちゃんと和奏《わかな》がお見舞《みま》いに来てくれて、うれしかったよ。おじさんが、アメリカ軍の基地《きち》利用を認《みと》めなければ、あんな事故《じこ》も起こらなかったのに、って言ってたって聞いた。ほんとだよね」

まったく、へたくそな劇《げき》のセリフみたいだと、自分でも思った。でもこれで、この人が小平和弥《こだいらかずや》という名前で、昨日お見舞《みま》いに来た和奏《わかな》のお父さんであることは、知事にもわかっただろう。

「まだ手の包帯が痛々《いたいた》しいけど、軽いけがでほんとによかったよ」

「今朝までは、頭にも包帯巻《ま》いてたんだよ」

「和奏《わかな》から聞いたよ。和奏《わかな》といえば、今朝、タカはいつから学校行けるのかなって、心配してたよ」

「明日から、行っていいんですって。よかったわ」

と母さんが答えた。

――昨日、来た子の父親ってわけか。

「うん」

ぼくは小さくうなずいた。知事に答えたつもりだけど、二人とも、母さんに返事をしたと思ったに違《ちが》いない。

それにしても、こんなことがいつまで続くのだろう、と思いながら、ぼくは和弥《かずや》さんについて、知事に説明するように口を開く。

「おじさん、今日はＮＰＯ緑《みどり》のまち・黄川《きかわ》の事務所《じむしょ》には行かなくていいの？　働き始めたばかりなのに」

――緑《みどり》のまち・黄川《きかわ》だと？　原発の再稼働《さいかどう》に反対している団体《だんたい》じゃないか。

「大丈夫《だいじょうぶ》だよ。今日はこれから、東京《とうきょう》から来る田中祐美子《たなかゆみこ》さんを迎《むか》えに行くんだ。そのついでだからね」

和弥《かずや》さんの声が耳に、知事の声が頭に、同時に聞こえた。頭がこんがらかりそうになって、ぼくはふーっと息をはく。知事の言葉が聞こえるはずもない母さんが、和弥《かずや》さんに聞いた。

「田中《たなか》さんって、倫子《みちこ》さんのお友だちで、東京《とうきょう》で区議会議員をしている人？」

「そう。勉強会で、住民投票のことを話してもらうんだ」

「そうだったわね。今日は午後、仕事だから、行けなくて残念」

「ネットに報告《ほうこく》アップするから」

「和弥《かずや》さん、すっかりＮＰＯの戦力になってるわね。それにしても、和弥《かずや》さんみたいに優秀《ゆうしゅう》な社員をクビにするなんて、青田《あおた》タイムズも、ひどい会社ね」

母さんの言葉に、ぼくもうなずいた。

和弥《かずや》さんは、少し前まで、地元の新聞社で記者をしていた。ところが、労働条件《じょうけん》をめぐって、会社の役員と対立したために、社長ににらまれてしまった。そのせいで、嫌《いや》がらせみたいに、仕事の内容《ないよう》を変えられて、大好きだった記者という仕事ができなくなった。それで退職《たいしょく》したのだから、母さんは、クビにされたみたいなものだと、とても怒《おこ》っていた。

——クビとは、どういうことだ？

知事にそう聞かれたけれど、ぼくは答えなかった。ちょうど、タイミングよく、車が家に着いたのだ。

「和弥《かずや》さん、ありがとう。短期入院とはいっても、けっこう荷物もあったから助かったわ」

母さんがお礼を言って、ぼくたちは車の外に出た。

「どういたしまして。じゃあ、またね」

和弥《かずや》さんは、車の窓《まど》から顔を出して手を振《ふ》ると、すぐに走り去っていった。

——アパート住まいか。

知事がつぶやいた。

「狭《せま》くて古くても、やっぱり自分の家は、ほっとするよ」

ぼくは、母さんに、というより、知事に聞かせるように言った。ぼくの家は、この古い木造《もくぞう》モルタルアパートの二階で、部屋は六畳《じょう》と四畳半《よじょうはん》、ダイニングキッチン（といっても、かなり狭い）だけだ。

母さんがドアを開けて中に入る。

——部屋は、これだけか……。

「狭《せま》いって、言ったでしょ。ばかにしてるのかよ」

ぼくは母さんに聞こえないように小声でつぶやく。

母さんが、窓《まど》を開けた。

「少し空気を入れ換《いか》えるからね」

「どうせすぐ閉《し》めることになるだろうけどね」

とぼく。

——どういうことだ？

と、知事が聞いたけど、答えなかった。

「タカ、じゃあ、母さん、これから仕事行くわね」

「うん。大丈夫《だいじょうぶ》だよ」

「お昼は、冷凍《れいとう》のチャーハンをチンして食べて」

「わかった」

「もし、調子が悪かったりしたら、すぐに連絡《れんらく》するのよ」

「わかってる。心配しなくていいから」

母さんは、ぼくのほっぺたを軽く手でなでてから、あわただしく出ていった。

母さんが出かけるとすぐに、バリバリバリという大きな音が聞こえてきた。

——なんだ？

ぼくは開いていた窓《まど》を閉《し》めた。それでも、音がうるさい。音だけじゃなくて、窓《まど》がガタガタ鳴っている。

「だから言ったでしょ。すぐ窓《まど》を閉《し》めることになるって。この騒音《そうおん》も、アメリカ軍の飛行訓練のせいなんだから。ぼくたちの学校なんて、窓《まど》、開けられないんだよ」

——そんなこと、おれに言われても困《こま》る。

「だって、おっさん、知事なんでしょ。なんとかしてよ、騒音《そうおん》。今でさえうるさいのに、今度、オスプレイまで来るんでしょ？　ますます騒音《そうおん》ひどくなるし、事故《じこ》が多いって聞いたよ。また事故《じこ》ったら、どうすんの？」

――そんなことにはならない。

「自分だって、けがしたくせに」

――だが、それが我《わ》が国《くに》の方針《ほうしん》だ。そのおかげで、県が潤《うるお》っている。国の方針《ほうしん》に従《したが》う方が、県民のためになるのだ。

そう言ったきり、知事は押《お》しだまったように静かになった。

お昼を食べている間も、あまり話しかけてこなかった。もしかして、疲《つか》れたのかな、と思ったけれど、体はぼくなのだから、疲《つか》れるというのもおかしな話だ。

ところが、ご飯を食べ終わった頃《ころ》。

――うまいか。

と、聞いてきた。

「ご飯？」

——そうだ。冷凍物《れいとうもの》とは、わびしいじゃないか。

「しょうがないでしょ。母さん、忙《いそが》しいんだから」

ぼくは、食器を洗《あら》ってから、四畳半《よじょうはん》の自分の部屋に引《ひ》っ込《こ》んで、もらったばかりの教科書を開いた。その時また、航空機の騒音《そうおん》がして、窓《まど》がガタビシ揺《ゆ》れた。航空機の音が去っていくと、妙《みょう》に静かな感じがする。置き時計の秒針《びょうしん》の音がやけに響《ひび》くような。フワッとぼくはあくびをした。でも、今、眠《ねむ》るわけにはいかない。寝《ね》たらまた、おっさんに出しゃばられることになるからだ。

学校を二日休んだので、少し勉強しておかなくてはと思った。

「少し勉強するから、静かにしててよ」

——わかった。

けれど、ぼくが教科書を開いてから十分もたたないうちに、

——ずいぶん、カラフルな教科書だな。

と、また話しかけてきた。

「ふつうでしょ」

——昔と違《ちが》う。サイズも大きいんだな。

「どうでもいいよ。っていうか、時代が違《ちが》うんだから」

ぼくがそう答えた時、ドアホンが鳴った。

——おい、やたらに出るなよ。ぶっそうな世の中だからな。

知事が言った。一応《いちおう》、大人として注意しているつもりなのだろうか。

「わかってるよ」

ぼくは玄関《げんかん》に行って、のぞき穴《あな》から外を見る。それからすぐにドアを開いた。

ドアの外に立っていたのは、和奏《わかな》だったのだ。

「タカ、プリント持ってきたよ」

「サンキュー！　入る？」

「うん」

ぼくは、ドアを大きく開いて、和奏《わかな》を入れた。それから、冷蔵庫《れいぞうこ》を開けて、麦茶を出しながら聞いた。

「学校、変わりない？」

「うん。でも、みんな心配してたよ。ほんと、たいしたけがでなくてよかったね」

「まあ、そうだね」

けがはたいしたことがなくても、ぼくにとっては、今の状況《じょうきょう》は大問題だ。とはいっても、あの事故《じこ》のせいで、変なおっさんがぼくの体に同居《どうきょ》しているなんてことは、和奏《わかな》にも話せない。話したところで、信じてもらえないだろう。

「来週、学級委員選挙、やるって」

学級委員なんてのは、ぼくにはあまり関係がない話だ。ところが……。

——学級委員だと？

と、知事が言った。

「関係ないし」

——関係ないことはなかろう。クラスのことだぞ。おまえ、立候補《りっこうほ》しろ。

「立候補《りっこうほ》？　何言ってんだよ！」

思わず声が大きくなって、

「タカ、どしたの？」

と和奏《わかな》にきょとんとした顔を向けられた。

「ごめん、なんでもない。独《ひと》り言《ごと》だから」

苦笑いでごまかすしかなかった。

和奏《わかな》が帰ったあとも、知事のヤツは、学級委員のことをあれこれ聞いてくる。

「だから、ああいうのは、だれがやるか、だいたい決まってるんだよ。ぼくはそういうタイプじゃないんだってば」

——しかし、学級委員ってのは、えらいんだろ？　それだけ力を持てるじゃないか。

ぼくは半分あきれたけれど、妙《みょう》に感心してしまった。なんとなく、らんらんと目を輝《かがや》かせている表情《ひょうじょう》が浮《う》かんだ。もちろん、知事の顔を間近で見たことなんてないけれど、なんだか想像《そうぞう》できるような気がしたのだ。知事は、立候補《りっこうほ》とか選挙とかって言葉が大好きなのかもしれない。

六　めざせ学級委員？

次の日は、三日ぶりに学校に行った。一晩《ひとばん》眠《ねむ》ったので、前に出るのは知事だ。なれない学校で、知事がおかしなことをしないか不安だったけれどしかたがない。

学校に着くと、えらそうな態度《たいど》でのしのしと廊下《ろうか》を歩いていく。

ぼくは事故《じこ》から復帰《ふっき》したわけだから、教室に入ったとたん、クラスメイトに囲まれてすっかり英雄《えいゆう》に、なんてことはあるはずもなく、教室はいつもと変わらない朝の風景、という感じだった。

すぐにクラスメイトが寄《よ》ってきたりしなかったせいか、

「おまえ、あんまり人気ないようだな」

と、知事が言った。

《余計《よけい》なお世話だよ》

知事は、人に囲まれてちやほやされるのが好きなのかもしれない。

「タカ！　大丈夫《だいじょうぶ》か？」

そう言いながら近づいてきたのは、幹生《みきお》だった。あたりまえだけど、知事には幹《み》生《お》がだれかもわからない。ぼくは急いで、説明した。

《細川幹生《ほそかわみきお》。優等生《ゆうとうせい》だよ。たぶん、男子の学級委員は、幹生《みきお》がなるよ。人望もあるし、五年の時も、学級委員だったから》

「おまえは人望がないってことか」

知事が小声で言ったが、どうやら幹生《みきお》に聞こえてしまったようだ。

「え？　どういう意味」

「いや。たいした意味はない。気にするな、よ」

「頭打ったって聞いたけど」

「そうではない。ガラスの破片《はへん》が飛んできて、少し切っただけだ。頭と手をな」

知事は、包帯の巻《ま》かれた手をにゅっと幹生《みきお》に差し出した。

「なんか、しゃべり方、変だよ。やっぱ頭打ったせいじゃないの？」

「そんなはず、ないだろう。おれ……ぼくは、中林尊憲《なかばやしたかのり》だ」

「わかってるよ、ばかだなあ」

「ばかだと？」

ぼくは、慌《あわ》てて知事に語りかけた。

《おっさん！　いちいち反応《はんのう》するなよ！》

ぼくの言葉が聞こえたはずはないが、幹生《みきお》は、疑《うたが》わしそうな目を向けている。

「そうだ、もうすぐ学級委員選挙だったな」

知事が言った。いやな予感がした。

「そうだね。けど、タカはそういうの、あんまり興味《きょうみ》ないだろ」

「そんなことは、ない、よ。実は、立候補《りっこうほ》しようかと思ってな」

「ええ？　マジ？　ウソだろ！」

《ウソだよ！》

でも、ぼくの叫《さけ》びは声にならない。

「ウソではない、よ」

《何、言ってんだよ！　あんたはぼくじゃないんだぞ！》

知事は、

「うるさいな」

と、ぼくだけに聞こえるようにささやいてから、すぐに、幹生《みきお》の方を向くと、はっきりと言った。

「ぼくは、このクラスをよくしたいんだ！　県知事が我《わ》が県のことをよくしようと考えるみたいに」

《よく言うよ。政府《せいふ》の言いなりなくせに！》

「君も、ぼくを応援《おうえん》してくれるよね」

知事の言葉に、幹生《みきお》は、一瞬《いっしゅん》、きょとんとした顔をしてから、急に笑い出した。

「応援《おうえん》するよ！　でないと、また、ぼくがやらされそうだもん。かといって、今井《いまい》じゃあ、困《こま》るし」

《いいかげんにしてよ！　君、なんて、言わないし》

ぼくは声にはならない叫《さけ》びをあげた。

その時、始業のチャイムが鳴った。幹生《みきお》が首をかしげながらも、離《はな》れていったので、ぼくはほっとした。

「今井《いまい》というのは、どいつだ？」

知事が小声で聞いた。

《廊下側《ろうかがわ》の前から二番目に座《すわ》ってる、ひょろっとしたヤツ。今井真二郎《いまいしんじろう》っていって、今井不動産《いまいふどうさん》の社長の息子《むすこ》》

「ああ、あの社長なら知ってるぞ。なかなか見所がある」

《真二郎《しんじろう》は、人気取りのために物を配ったりするヤツで、自分の子分以外からは、きらわれているよ。威張《いば》っているし、金持ちをひけらかすから》

「それは、貧乏人《びんぼうにん》のひがみだろう」

と、知事が言うと、隣《となり》の席の子が、怪訝《けげん》そうな顔を向けた。

「中林《なかばやし》くん、何ぶつぶつ言ってるの？」

「なんでもない、よ」

その後は、知事はおとなしくしていたし、授業《じゅぎょう》中に、当てられることもなかった。

ところが、給食の時間になると、また様子がおかしくなった。キムチチャーハンをにくらしそうに見つめて、「給食といえば、パンだろ」とか、「なんでキムチチャーハンなんだ。日本の伝統《でんとう》を大切にしなければいかん。ご飯ものなら、タケノコご飯にしろ」なんてつぶやく。ぼくは何度も、黙《だま》ってよ、と言わなければならなかった。おかげで、終わりの会が終わった時には、すっかり疲《つか》れてしまった。

放課後、知事は、ランドセルに隠《かく》していた携帯《けいたい》電話を取り出すと、すばやくボタンを押《お》した。相手の人は、すぐに電話に出たようだった。

「おれだ。これから行くから、少し金を用意しておけ」

知事はえらそうにそう言うと、電話を切った。だれに電話をかけたのかは聞くまでもない。秘書《ひしょ》の杉田《すぎた》さんだ。

知事が、そのまま病院に向かうバス停の方に行こうとしたので、ぼくは慌《あわ》てて呼《よ》び止《と》めた。

《ちょっと待って。ランドセルは置いていけば？　バス代だって持ってないのに》

「それもそうだな」

こうしてぼくは、いや、ぼくたちはいったん家に帰った。キッチンの食器棚《しょっきだな》のガラスに映《うつ》った顔がちらっと見える。でも、今表情《ひょうじょう》を作っているのは知事だ。ガラスの中のぼくは、口をへの字に曲げて眉《まゆ》を寄《よ》せている。たぶん、ぼくの家が狭《せま》くて、安っぽいものが多いので、ばかにしているのだ。

《何か、気に入らないことでもあるの？》

「いや……なんでもない」

《うちが貧乏《びんぼう》だからって、上から目線で見ないでよ。知事のくせに》

「いちいちうるさいぞ。おれは忙《いそが》しいんだ。杉田《すぎた》に、指示《しじ》も出さねばならないし、おまえの学級委員選挙の準備《じゅんび》もあるしな」

《ぼくは立候補《りっこうほ》なんて、しないよ！》

知事は、それには答えず、ランドセルを置くと、椅子《いす》にかけてあったデイパックを手にした。それから、机《つくえ》の引き出しを開けると、すぐにコインを見つけた。百円玉をいくつかポケットに入れた知事は、にやっと笑った。

「金のありかは、すぐわかるんだ」

バス停から病院までは、二十分ぐらいで着いた。

小学生が一人で面会、というのも変なので、ほかの見舞客《みまいきゃく》のそばにくっついて、家族みたいなふりをして病院に入《はい》り込《こ》むと、知事はまっすぐに特別室に向かった。

そして、ノックもしないでいきなりドアを開けた。ところが……。

「だれだ、君は！」

男の人が、ぼくを上からにらみつけて言った。その人は、黒っぽい背広《せびろ》を着て、きちんとネクタイをしていた。杉田《すぎた》さんよりだいぶ若《わか》そうだけど、どことなく態度《たいど》がでかいというか、えらそうだった。

《だれ？　この人》

と聞いたけれど、答えを聞く前に、ぼくはだれだかわかってしまった。

《もしかして、おっさんの、息子《むすこ》？》

知事は、ふむという風にうなずいた。

「あ、文雄《ふみお》さん、この子は、知事といっしょに事故《じこ》に遭《あ》った坊《ぼう》やですよ。心配して来てくれたんだね」

慌《あわ》てて、杉田《すぎた》さんが言ったけど、その顔は引きつっていた。

「なんでこんな子が……」

文雄《ふみお》さんと呼ばれた人が言いかけた言葉を、杉田《すぎた》さんがさえぎった。

「そ、それは、先生がこの子のことを気にかけて、いつでも遊びに来なさいと……」

「余計《よけい》なことを、外でしゃべったりさせないでくださいよ」

「それはもう、大丈夫《だいじょうぶ》です」

杉田《すぎた》さんは、手をもみながら答えた。

「ならいいのだが。とにかく、杉田《すぎた》さんに任《まか》せるけど、首相《しゅしょう》も心配しているんですよ。まだ電話にも出られんのか、と」

「承知《しょうち》しています。でも、大丈夫《だいじょうぶ》です。お任《まか》せください。少しばかり疲《つか》れやすいようで、すぐに寝《ね》てしまわれるのですが、起きている時に、的確《てきかく》な指示《しじ》をいただいていますから」

文雄《ふみお》さんは、眉《まゆ》をひそめたまま、

「じゃあ、よろしくお願いしますよ」

と言って出ていった。

そのとたん、杉田《すぎた》さんが、ふーっと肩《かた》を落として息をはく。知事は、のしのしと歩いて、病室内の椅子《いす》に座《すわ》ると足を組んだ。

「杉田《すぎた》、金は用意してくれたな」

「それは、大丈夫《だいじょうぶ》です。あの、本当に先生、なんですね」

「あたりまえだろうが。ばかものめ」

「しかし、わたしの苦労も察してくださいよ。いつまでもごまかせませんよ。さっきも文雄《ふみお》さんが、母さんが来た時もいつも寝《ね》てるなんておかしい、と言って……」

「それをうまくごまかすのがおまえの仕事だ。とはいえ、マスコミのヤツらに、かぎつけられても面倒《めんどう》だしな。自宅療養《じたくりょうよう》中ということにした方がいいかもしれんな」

「で、お金はどれくらいご用意しますか?」

「当面……」

知事はそう言ってから、指を一本立てた。

「あのう、本当に、先生なんですよね」

杉田《すぎた》さんがもう一度聞く。いくら態度《たいど》がでかくても、目の前に見えているのが、小学生の男子なんだから、そう聞きたくなるのも無理はないだろうと、その時のぼくは、ちょっとだけ他人《ひと》ごとのように思ってしまった。

知事は、不機嫌《ふきげん》そうな表情《ひょうじょう》を隠《かく》さずに、杉田《すぎた》さんに命じて、発表する談話を書き取らせた。

政府《せいふ》に、二度とこのような事故《じこ》を起こさないよう、要望書を出すこと。それから、巻《ま》き添《ぞ》えを食ったけが人に見舞金《みまいきん》を出すこと。顔のけがで、しゃべれないので、当面、定例の記者会見は行わないこと。三日後の経済団体《けいざいだんたい》との懇談会《こんだんかい》も延期《えんき》すること。

「……以上だ」

「承知《しょうち》しました。さすが先生、すばらしい記憶力《きおくりょく》です。スケジュールが全部頭に入っているんですね」

そう言いながら、杉田《すぎた》さんは、一万円札の束を、知事に渡《わた》した。知事は、そのまま、ぼくのデイパックに札束を突《つ》っ込《こ》んだ。

《いくらあるの？》

「百万だ」

《ウソだろ⁉　マジ？》

「ふん。はした金にすぎんわ。帰るぞ。杉田《すぎた》、また指示《しじ》するからな」

知事は、ちらっと寝《ね》たままの自分の体を見てから、病室を出た。

《そんな大金、持ち歩くなんて、ぶっそうじゃない？》

「ガキといっしょにするな。それより、おまえたちがもらって喜ぶものはなんだ」

《え？》

「おれの時代だと、メンコとかだったが、今時はそんなもんは流行《はや》っとらんだろ。文雄《ふみお》がガキの頃《ころ》は、ミニカーをほしがったが」

《文雄《ふみお》って、さっき会った、おっさんの息子《むすこ》だよね》

「なんでおまえにわかったんだ？」

《そっくりだよ。えらそうでさ》

「口のへらないガキだな」

《何してんの？　首相《しゅしょう》が、とか言ってたけど》

「東京《とうきょう》で代議士の秘書《ひしょ》をしている。まあ、修業《しゅぎょう》中だな。いずれは、ここから国会議員の選挙に出ることになるだろう。おれの地盤《じばん》、看板《かんばん》、カバンを受《う》け継《つ》いでな。それより、おまえたちが喜びそうなものはないか？」
《恐竜《きょうりゅう》のフィギュアとか、好きな子もいるかな》
「では、ともかく、おもちゃ売り場に行ってみることにしよう」
《なんでそんなもん、買うの？》
「決まってるだろうが。配るんだよ。男子たちにな。女子は、妙《みょう》に潔癖《けっぺき》でいかんからな」
《だから、なんのために？》
「言ったろ。学級委員に立候補《りっこうほ》しろと。おもちゃを配って、おれに……おまえに投票してもらう」
《それって、買収《ばいしゅう》？》
「ほう。難《むずか》しい言葉を知ってるじゃないか」
にやにや笑っている知事の顔が、道沿《ぞ》いに建つ店のガラスドアに映《うつ》った。といっても、それは、ぼくの顔なので、とても気分が悪かった。
《そんなの、だめに決まっているからね。絶対《ぜったい》に認《みと》めない》
「なんでだ？」
《もしかして、知事選でも、そんな風にして票、集めたの？》
「ばか言うな。おれは、正当な選挙で選ばれたんだ。四度もな」
知事は胸《むね》を張《は》ったが、ぼくは内心では、なんだか疑《うたが》わしいと思った。
「とにかく、おもちゃ売り場に行ってみよう」
《だめだってば。うちは貧乏《びんぼう》なんだからね。そんなもの、買う余裕《よゆう》はないんだよ。だから、うちにあったらおかしい。母さんに見つかったらどうするの》
「見つからなければいいだろ」
《だれかにあげたりしたら、いくら口止めしたって、和奏《わかな》から母さんの耳に入るに決まっているじゃないか！》
「なるほど。ガキはまだケツが青いというか、正直だからな。しかし、せっかく金を用意させたし。おまえ、何かほしいものはないか？　買ってやるぞ」

ほしいもの？　そりゃあ、ほしいものがないわけじゃない。洋服だってそんなに持ってないし、スニーカーもそろそろ買《か》い換《か》えたい。カッコいいシャープペンシルだってほしいし、サッカーボールもあれば……。

ほんの一瞬《いっしゅん》、そんなことが頭をかすめた。でも、ぼくはきっぱり言った。

《だめだよ。それだって、母さんになんて言うのさ》

「ふん、気が小さいヤツだな」

と、鼻で笑いながらも、知事はそれ以上強くは言わず、ぼくたちはバスに乗って家に帰った。

夜、お風呂《ふろ》に入りながらぼくは考えた。明日の土曜日は、ぼくが表に出る。明後日の日曜日はおっさん、その次の日は……。学級委員選挙は来週の水曜日だから、ぼくだ。よかった。もしも知事が前に出ていたら、いくらぼくが止めても、「立候補《りっこうほ》します」なんて言ってしまうかもしれない。

次の週の月曜日は、ぼくが前に出たので、何ごともなく過《す》ごすことができた。とはいっても、知事があれこれうるさく聞いてくるのにはうんざりだった。

二年生のクラスの前を通った時に、鍵盤《けんばん》ハーモニカを吹《ふ》いていた子がいた。その様子をじっと見つめて、知事はつぶやいた。

——あの鍵盤《けんばん》ハーモニカ、吹《ふ》いてみたいもんだな。

「別にどうってことないよ。ぼくはリコーダーの方が好きだな」

——鍵盤《けんばん》がついているではないか。おれがガキの頃《ころ》はな、ピアノなんか、弾《ひ》ける子はわずかでな。カッコよく見えた。

ぼくはこの時だけは、ちょっぴり知事に好感を覚えた。ピアノと鍵盤《けんばん》ハーモニカって、ぜんぜん別のものだけど、ぼくが鍵盤《けんばん》ハーモニカを吹《ふ》いていた時、ばあちゃんが、おんなじようなことを口にしたのを思い出したからだ。そんなのを吹《ふ》いてみたかったと、ばあちゃんは言ったのだった。

その次の日は、知事が前に出た。この日、四時間目は体育で、五十メートル走をやることになった。

「おまえは、体育は得意なのか?」

《ふつうだよ》

「張《は》り合《あ》いのないヤツだな」

なぜか知事は大はしゃぎで、

「タカ、なんかやけに張《は》り切《き》ってない?」

なんて幹生《みきお》に言われてしまった。

「そうさ。この歳《とし》で、こんな風に思い切り走れるとは、思わなかった、よ」

幸い、幹生《みきお》は、この歳《とし》で、という言葉に引っかかったりはしなかったけれど、ずっとハイテンションで、勢《いきお》いあまってコースをはみ出しそうになりながら走る知事に、ぼくはひやひやし通しだった。

体育が終わったあとも上機嫌《じょうきげん》で、

「今日は、給食がうまいぞ!」

と、笑っていた。

七　選挙の日

学級委員を決める日が来た。

予定どおり、今日はぼくが表に出ているから、知事に変な行動をとられる心配はない。だけど、昨日の夜は大変だった。学級委員への立候補《りっこうほ》をめぐって、夕飯後、知事と言い合いになってしまったのだ。それだけでも疲《つか》れたのに、知事が「根性《こんじょう》なしが！」と怒鳴《どな》ったために、母さんがびっくりして部屋をのぞきにきて、慌《あわ》ててごまかす羽目になった。母さんからは、「最近、独《ひと》り言《ごと》が多いわよ」なんて言われてしまった。

アパートの外に出ると、和奏《わかな》とばったり会った。

「おはよう」

「おはよう。ねえ、タカ。学級委員、立候補《りっこうほ》するの？　幹生《みきお》が、そんなこと言ってたけど」

和奏《わかな》に聞かれて、速攻《そっこう》で否定《ひてい》した。

「んなわけないよ。そういうキャラじゃないし。っていうか、やっぱり幹生《みきお》がいいと思うよ。たぶん、女子は和奏《わかな》だろうし、和奏《わかな》も、幹生《みきお》だったらやりやすいんじゃないの」

二人は、五年の時も、いっしょに学級委員をやっていたからそう言ったのだけど、実は、ちょっとだけ期待した。何をかって？　和奏《わかな》が、ぼくの方がいいって、言ってくれないかな、ということだ。でも、和奏《わかな》が口にしたのは別のことだった。

「幹生《みきお》、勉強が忙《いそが》しいから、あんまりやりたくないみたい。本当に、タカにやってほしいみたいだったよ」

——やっぱりおまえが出ろ！

知事が言った。

「関係ないだろ！」

ぼくがついそう言うと、和奏《わかな》がぎょっとした顔を向けた。

「関係ないって、どういうこと？」

「あ、ほら、受験なんか関係ない、っていうか、最後のつとめだと思ってほしいよね。あいつ、青田市《あおたし》の私立中学に行くって話だし」

「そうみたいだね。都会と違《ちが》って、うちの学校から私立《しりつ》行くなんて、珍《めずら》しい話よね」

——金持ちの子なのか？

「幹生《みきお》の家は、余裕《よゆう》があるんだよなあ。うちゃ、和奏《わかな》のとこと違《ちが》ってさ」

「お父さん、青田《あおた》エナジーの社員だしね」

——青田《あおた》エナジー？　じゃあ、その子のためにも、早く赤浜《あかはま》原発の再稼働《さいかどう》を進めなければな。

「けど、幹生《みきお》のお母さんって、原発の再稼働《さいかどう》に反対してるんじゃなかったっけ？」

ぼくが言うと、知事からは不機嫌《ふきげん》そうな気分が伝わってきたが、黙《だま》ったままだった。

「そうみたい。うちのママ、原発反対の市民集会で会ったことあるって。お父さんは、立場上、言いたいこと言えないみたいだけど。家では、福島《ふくしま》のこともあるし、原発なんていらない。やっぱり再生《さいせい》可能エネルギーだって言ってるらしいよ」

――何もわかってないヤツらが。

「わかってないのは、どっちだよ」

ぼくはまた、ついボソッとつぶやいてしまった。

「え？」

「あ、ごめん、なんでもない。なんで、うちの県に原発があるんだろうな」

「ほんとだよね」

――そのおかげで、りっぱな庁舎《ちょうしゃ》もできたし、赤浜町《あかはまちょう》にはすばらしい体育館もできた。

「りっぱな庁舎《ちょうしゃ》なんて、ぼくたちには関係ないし」

つい、知事に言ってしまったけれど、和奏《わかな》はこくんとうなずいてくれた。さすが和奏《わかな》だ。

「そうだよね。あの県庁《けんちょう》の建物を建築《けんちく》したのって、知事の親戚《しんせき》の会社なんだって」

――何を言うか。正当な手続きを踏《ふ》んでいるぞ。

という声は当然、無視《むし》した。

「原発のおかげで、いろいろできたとかって言うけど、維持費《いじひ》にお金かかってるらしいし」

――再稼働《さいかどう》すれば、人が集まってくる。雇用《こよう》も生まれる。

「働く人が増《ふ》えるとかって言うけど、ほんとかな」

「それね。下請《したう》けとか、働き方も問題だったって、ママ、言ってた。今の知事になってから、県内の格差《かくさ》、広がったって」

「格差《かくさ》って？」

「お金が入るのは、一部の人だけ。貧《まず》しい人はもっと貧《まず》しくなってる。それに、原発のことだけど、免震棟《めんしんとう》とかだってちゃんとしてないし。電源喪失《でんげんそうしつ》なんてことになったら大変だよね」

――何もわかってないガキが！

知事が怒《おこ》ったように言ったので、またつい反応《はんのう》してしまった。

「子どもだって、言いたいこと、あるよ」

和奏《わかな》は、この時もすぐにうなずいてくれた。

「そうだよ。だって、あたしたち、これからの未来を生きるんだもの。それなのに自分たちの意見、言えないなんて」

そう和奏《わかな》が言った時、ぼくたちは学校の正門に着いた。和奏《わかな》は少し前を歩く女子を見つけて、

「あ、愛結《あゆ》ちゃんだ。先に行くね」

と言って走っていった。

——生意気なガキだな。

知事がボソッとつぶやいた。


選挙は六時間目の学級会で行われる。

幹生《みきお》は、本当にあまり学級委員をやりたくないようで、昼休みに、ぼくに近づいてくると、

「なあ、タカ、立候補《りっこうほ》するって言ったよな」

と言った。すると、すぐに知事がぼくをけしかけた。

――そうだ。心配するな。おれがいいようにクラスを牛耳《ぎゅうじ》ってやる。

ばかじゃないの？　と言いそうになって、慌《あわ》てて口を閉じる。ぼくは、知事の言葉を無視《むし》して、幹生《みきお》に言った。

「何言ってんだよ。そんなわけないよ。キャラじゃないし」

「けど、この間、立候補《りっこうほ》するって言ってたよね」

「あれは、ジョークっていうか、なんか、頭をけがしてから、時々、変なこと言っちゃうみたいで。第一、ぼくなんかが出たら、真二郎《しんじろう》に勝てないかもしれない。でも、幹生《みきお》なら大丈夫《だいじょうぶ》だよ。真二郎《しんじろう》が学級委員じゃ困《こま》るって、幹生《みきお》だって言ってただろ」

「それはそうだけど」

幹生《みきお》は、ちらっと真二郎《しんじろう》の方を見た。真二郎《しんじろう》の席に集まっているのは子分たちで、中には親が今井不動産《いまいふどうさん》で働いている、という子もいる。

「もし、真二郎《しんじろう》が立候補《りっこうほ》したら……」

そのことが心配だった。選挙になれば幹生《みきお》が勝つだろうけど、真二郎《しんじろう》だけが立候《りっこう》

補《ほ》して、信任《しんにん》投票ということになったら、反対しない子もいるかもしれない。でも、幹生《みきお》が、

「それはないよ。きっとだれかから推薦《すいせん》されるのを今井《いまい》は待つと思う。自分から立《りっ》候補《こうほ》するのはカッコ悪いって、言ってたから」

と笑ったので、少し安心した。

「学級委員は、やっぱ、幹生《みきお》しかいないと思うよ。去年も幹生《みきお》だったし。幹生《みきお》は頭もいいし、リーダーシップもあるから」

「女子は、だれかな」

「和奏《わかな》じゃないかな」

「小平《こだいら》か。まあ、あいつだったら、しっかりしているし」

幹生《みきお》はなぜか、ほんのりと顔を赤らめた。もしかして、幹生《みきお》は、和奏《わかな》のことが気になるのだろうか。その時、ぼくはなんだかもやっとした気分になった。そして、もし、ぼくが学級委員になったら、と想像《そうぞう》してみた。でも、やっぱり無理だ。ぼくは、人前で発言したりするのは、あんまり得意じゃない。目立つことは苦手なのだ。

五時間目は国語だった。ところが、途中《とちゅう》で猛烈《もうれつ》に眠《ねむ》たくなってきた。給食のあとだし、それに、昨日、つい遅くまで知事と言い争っていて、寝不足《ねぶそく》気味でもあったのだ。でも、ここでうっかり眠《ねむ》って、知事が前に出たりしたら……。ぼくは自分の腕《うで》をつねったりしながら、眠気《ねむけ》と戦い、なんとか国語の授業《じゅぎょう》を乗り切った。

そしていよいよ学級会が始まった。

「では、前から決めていたように、今日は学級委員を決めます。立候補《りっこうほ》したい人はいますか?」

先生が言ったが、だれも手を上げなかった。真二郎《しんじろう》も。

ほっとした瞬間《しゅんかん》、瞼《まぶた》が重くなって頰杖《ほおづえ》をついていた顎《あご》が、手から落ちた。一瞬《いっしゅん》のことだった。

＊　＊　＊

気がついた時、ぼくは、ぼくの意志《いし》に反して、いや、ぼくの中の知事が、まっすぐに手を上げていた。

《おっさん、やめろ！》

ぼくは、慌《あわ》てて叫《さけ》んだ。それが、あまりに強い口調だったので、さすがの知事も、一瞬《いっしゅん》ためらったようだった。

「中林《なかばやし》くん、立候補《りっこうほ》、ですか？」

きょとんとした顔で、先生が聞いた。

「マジかよ」

と、だれかのささやく声が耳に届《とど》く。

「やりたいヤツがやればいいんじゃね？」

《やりたくなんか、ないよ！》

必死で叫《さけ》ぶ。

「中林《なかばやし》くん、はっきりしてください」

ぼくは目を閉《と》じようとした。もちろん、今、ぼくの体を支配《しはい》しているのは、知事だから、ぼくの目は開いたままだ。それでも、必死に念じた。……眠《ねむ》れ、眠《ねむ》ってしまえ……。

＊　＊　＊

はっと我《われ》に返る。ぼくは、ぼくに戻《もど》っていた。

「すみません。細川幹生《ほそかわみきお》くんがいいと思います」

——ばかたれ！　根性《こんじょう》なしが！

知事がぼくの頭の中で叫《さけ》んだけど、当然、無視《むし》した。

教室内に笑いが起こる。

「今は、立候補《りっこうほ》を聞いているんです」

「あ、そうだった。すみません」

ぼくは頭をかいて、ドジを踏《ふ》んだ風を装《よそお》った。だけど、内心では冷《ひ》や汗《あせ》ものだった。

結局、だれも立候補《りっこうほ》しなかった。その後、真二郎《しんじろう》が推薦《すいせん》されて、選挙をすることになった。結果は、幹生《みきお》が真二郎《しんじろう》の二倍以上の票をとって当選した。そして、女子は和奏《わかな》が選ばれた。

八　知事はえらいか？

その日の帰り、たまたま和奏《わかな》といっしょになった。

「予想どおりだったね、学級委員」

とぼくが言うと、和奏《わかな》はうなずきながらも、少し浮《う》かない顔になった。

「あたし、タカとの方がよかったかも」

そのとたん、胸《むね》がドキッとした。朝、そう言ってくれればよかったのに……。けど、すぐに頭をブルッと横に振《ふ》る。やっぱり学級委員なんて、ぼくのキャラじゃない。それでも、和奏《わかな》が、ぼくの方がよかったと言ってくれたのは、すごくうれしかった。

「ぼくは、そういうタイプじゃないよ。リーダーシップとか、ないし」

「でもさ、幹生《みきお》は受験があるから、あたしに負担《ふたん》がかかりそうで」

「なんだ、ぼくなら、いろいろ頼《たの》みやすいってこと？」

「そういうわけじゃないけど、やっぱり、あたしにとって、いちばん話しやすい男子って、タカだし」

話しやすい、というのは、ぼくにとっても同じだ。でもなぜか、それでは物足りないような気がした。いや、ぼくと和奏《わかな》は親友なのだから……。

「けど、幹生《みきお》は……」

そう言いかけたけれど、結局言えなかった。もしかしたら、和奏《わかな》のことが好きかも、なんて。

——あの幹生《みきお》というヤツは、この子のことが好きなんじゃないか？

ふいに、知事が言った。

「ばか言うなよ」

しばらくおとなしくしていたので、つい、忘《わす》れそうになったけど、知事は、ぼくと和奏《わかな》の会話もしっかり聞いているのだ。

「え？　ばかって？」

「ごめん、なんでもない。独《ひと》り言《ごと》」

「なんか、最近、タカ、ちょっとおかしいよ」

「そんなこと、ないよ」

とは言ったものの、たしかにぼくは十分におかしい。このおかしな状態《じょうたい》を、できることなら、だれかに話したかった。もしも今、和奏《わかな》に伝えたら？

やっぱり信じてはくれないだろう。

「それより、和奏《わかな》、知ってる？　ぼくといっしょに事故《じこ》に遭《あ》った知事、まだ入院しているんだ」

——おい、余計《よけい》なこと言うなよ。

ぼくは、知事の言葉を無視《むし》した。

「そうなの？　新聞には、軽傷《けいしょう》だって書いてあったよ」

「病室から、秘書《ひしょ》に指示《しじ》を出してるんだって」

「へえ？　でも、なんでタカがそんなこと知ってるの？」

「それは……たまたま、病院で聞いちゃったから」

「そっか。けど、自分がけがしたんだから、少しは住民の安全について、考えればいいのに。原発のことも、再稼働《さいかどう》とか、やめてほしいよね」

「今の知事ってさ、四期目でしょ。なんで当選するのかな」

「ママは、お金の力だって言ってるよ」

——ばか言うな。おれは、正当な選挙で選ばれているんだ。

「つまり、選挙でお金を使ってるってわけ？」

「噂《うわさ》はあるよね。でも、ほんとになんで？　って思っちゃう。国の言いなりだし」

——それは、その方が県民のためになるからだ。国に逆《さか》らったって、ろくなことにならないぞ。

「人柄《ひとがら》は、どうなんだろう」

「なんか、けっこう威張《いば》ってるって聞いた」

「だれから？」

「パパが陳情《ちんじょう》で県庁《けんちょう》に行った時に、見かけたんだって。自分の秘書《ひしょ》に怒鳴《どな》り散《ち》らしてたって」

——それは、あいつが気がきかないからだ。

ぼくは、杉田《すぎた》さんの顔を思《おも》い浮《う》かべる。でも、知事の言葉はまた無視《むし》した。

「ほんとにえらそうだもんな」

「え？　タカ、会ったことあるの？」

「あ、いや、その、母さんもそんなこと、言ってたかな、って」

「そっか。タカのお母さんは、青田市役所《あおたしやくしょ》で働いてるんだったもんね。青田市《あおたし》は県《けん》庁所在地《ちょうしょざいち》だし、県庁《けんちょう》ともつながりあるのかも」

「うん、そうなんだよね。市役所と県庁《けんちょう》って、場所も近いし。うちの母さん、今の知事に投票したことないって言ってたな」

「それがふつうだよね」

——そんなことないぞ！　おれは選挙で選ばれた……。

「正当に選ばれたって言うよ、きっと、あの知事なら」

「選挙で選ばれたのが事実でも、正当かどうかは怪《あや》しいよね」

——このガキ！　何を抜《ぬ》かすか！

「きっと、言葉遣《づか》いも乱暴《らんぼう》だったりしてさ」

「ありえる～」

ぼくと和奏《わかな》は、くすくす笑い合った。

そんな風に、和奏《わかな》と話すのは楽しかった。でも、あとから考えると、知事を無視《むし》してけなし続けたのは、やりすぎだったようだ。というのは、翌日《よくじつ》、ちょっとした仕返しをされてしまったからだ。

＊　＊　＊

次の日の朝、教室に入るとすぐに、

「おはよう、タカ」

と、和奏《わかな》が声をかけてきた。ところが、知事のヤツ、和奏《わかな》を無視《むし》したのだ。

《返事ぐらい、しなよ！》

すると知事は、和奏《わかな》に無愛想《ぶあいそう》な顔を向けたまま、一度廊下《ろうか》に出ると、

「生意気な小娘《こむすめ》と、口なんかきけるか」

と言ったのだ。

《ひどいじゃないか》

「ひどいのは、どっちだ。おまえがあの小娘《こむすめ》の代わりに謝《あやま》れば、考え直してやる」

知事はそう言うと、ワッハッハと高笑いした。そればかりか、なんと真二郎《しんじろう》の方に近づいていく。

「今井《いまい》くん、昨日は残念だったな」

真二郎《しんじろう》は、ぎろっとにらみつけてきた。ぼくは、〈くん〉づけなんてしないし、と指摘《してき》するのも面倒《めんどう》になって黙《だま》っていた。

「なんだよ、お前。幹生派《みきおは》のくせに」

「なんだ、その言い方は。潤一郎《じゅんいちろう》に告げるぞ」

それ、だれだ？　と思ったが、次の真二郎《しんじろう》の言葉でわかった。

「おまえみたいな貧乏人《びんぼうにん》が、なんで父さんの名前、知ってるんだよ。っていうか、ばかだな。父さんが、おまえなんか、相手にするわけないだろ」

「なんだと、潤一郎《じゅんいちろう》は、おれにとって、高校の後輩《こうはい》……」

さすがにぼくは、口を挟《はさ》んだ。

《おっさん！　黙《だま》んなよ》

その時、ちょうど、教室に入ってきた幹生《みきお》が声をかけてきた。

「タカ、どうしたの？」

「おまえには、関係ない！」

幹生《みきお》が、目を丸くして固まってしまったが、知事は、ふんと、鼻息をはいて、二人から離《はな》れていく。

「あの、今井《いまい》というのは、ろくでもないガキだな」

でもぼくは、真二郎《しんじろう》と知事って、似《に》てるんじゃないか、と思ってしまった。

昼休みに、幹生《みきお》からサッカーに誘《さそ》われたが、知事は、鼻で笑って、

「あんな球蹴《たまけ》りのどこがおもしろいんだ」

なんて言う。目を丸くした幹生《みきお》に申《もう》し訳《わけ》ない気持ちでいっぱいになったぼくは、脅《おど》すように知事に言った。

《おっさん、このままで、済《す》むと思うなよ。明日はぼくが表に出るんだからね》

その言葉がきいたのか、知事はごまかすように幹生《みきお》の肩《かた》をたたいて、

「まあ、気にするな」

と、えらそうに言った。


サッカーの誘《さそ》いを断《ことわ》った知事は、学校内を勝手に歩き回った。

「学校というのも、昔とはずいぶん変わったな」

《変わったって？》

「おれが小学生の頃《ころ》には、机《つくえ》は二人掛《が》けだった」

《二人掛《が》け？》

「そうだ。横長の机《つくえ》に、二人並《なら》んで座《すわ》るんだ。真ん中の線を越《こ》したとかって、けんかしてな」

知事は、子どもの頃《ころ》のことを思い出したのか、ククッと笑った。

「子どもの数も多かったし、おれの小学校には、体育館も、プールもなかった。エアコンなんて、もちろんなかったぞ。今の子は恵《めぐ》まれている。それも、おれが企業《きぎょう》

誘致《ゆうち》を進めて、税金《ぜいきん》が集まったからだ。ありがたいと思え」

《エアコンがなくても、航空機の騒音《そうおん》で授業がじゃまされない方がいいけどね》

「小ざかしいことを言うな」

その時、

「中林《なかばやし》くん、何をぶつぶつ言ってるの？」

という声に振《ふ》り返《かえ》ると、そこは保健室《ほけんしつ》の前で、ドアのそばに打越《うちこし》先生が立っていた。

「ここは保健室《ほけんしつ》、か？」

《見りゃあわかるでしょ。この人は、保健《ほけん》の打越《うちこし》先生》

「おれ……ぼく、何か言ってましたかねえ」

打越《うちこし》先生はくすっと笑った。

「けがは、もう大丈夫《だいじょうぶ》？」

「はい。すっかりよくなりました」

「災難《さいなん》だったわね。それにしても、航空機の事故《じこ》、多いわね。この前も、沖縄《おきなわ》であったでしょう」

《ほんとだよ》

ぼくは心の中でそう言ったが、知事の考えは正反対だ。

「教師《きょうし》が政治的《せいじてき》な発言をするとは、けしからん、とぼくは思うけどなあ」

「あら、どうして？」

「教育者は中立でなくてはいかん、じゃない？」

「わたしが言ったのは、ただの事実よ」

その時。

「先生」

と、少し離《はな》れたところから声がして、振《ふ》り返《かえ》ると、低学年の女の子が笑顔《えがお》で手を振《ふ》っている。

「あら、鈴木《すずき》さん。元気にしてる？」

「うん、朝は、おにぎり、ありがと」

すると、打越《うちこし》先生は、人差し指を唇《くちびる》に当てた。それは内緒《ないしょ》、という風に。

「中林《なかばやし》くん、休み時間、そろそろ終わるわよ。教室に戻《もど》りなさい」

と言われると、知事はペコッと打越《うちこし》先生に頭を下げてから、教室に戻《もど》り始めた。

しばらく歩いてから、知事が聞いた。

「さっきのあれは、なんだ?」

《あれって?》

「おにぎり、とか言ってたろ」

《ああ、噂《うわさ》、本当だったみたいだね》

「噂《うわさ》とは?」

《打越《うちこし》先生が、朝ご飯食べてこない子に、おにぎりとか、菓子《かし》パンとかをあげてるって》

「朝、食べてこない? なんでだ? 親は何をしてるんだ」

《さあ。いろいろあるんじゃないかな。うちの学校、母子家庭が多いらしいし。お母さんが夜の仕事で、朝起きられないとか、夜勤《やきん》で子どもだけで留守番《るすばん》しているとか。ぼくの家だって貧乏《びんぼう》だけどさ、うちよりも、もっと大変な子もいるみたいだから》

「……それは、大変だな」

《知事のくせに知らないの？　生活保護《ほご》を受けさせないようにしたとかで、問題になったことがあったよね》

「それは、不正受給があとをたたないから、しかたないだろう」

《そうかなあ。でも、生活に困《こま》っている人、増《ふ》えてるって聞いたけどなあ》

ぼくは、前に母さんから聞いたことを思い出していた。たしかに、不正に生活保《ほ》護《ご》を受ける人がいないわけじゃないけれど、それより、保護《ほご》を受ける資格《しかく》があるのに、もらってない人の方がずっと多いそうだ。そのことをどう思うか、知事に聞いてみたかったが、ぼくたちはもう教室の前に来ていた。それに、廊下《ろうか》の反対側からは、サッカーをやっていた幹生《みきお》たちが固まって歩いてきたので、結局、聞くことはできなかった。

その後は、だれに対しても、そうひどい態度《たいど》はとらなかったが、和奏《わかな》のことだけは、一日無視《むし》し続けたのだった。

九　知事室の出来事

その日、放課後になると、急いで教室を出た知事は、校門の外で、杉田《すぎた》さんに電話をかけた。

「おれだ。これから黄川小《きかわしょう》の前に来てくれ。すぐにだぞ」

しばらく校門の前で待っていると、タクシーがやってきて、すっと停まった。車から出てきた杉田《すぎた》さんが、

「中林《なかばやし》くん、乗って」

と言うと、後ろのドアが開いた。知事はえらそうな態度《たいど》で後ろに乗ると、どっかと座《すわ》り、腕《うで》を組んだ。

《運転手さんもいるんだから》

ぼくが注意すると、知事は、ちっと舌打《したう》ちして、膝《ひざ》をそろえて手を膝《ひざ》に置くと、ボソッとつぶやいた。

「本来なら、公用車が使えるのに、もったいないことだ」

まさか、知事からもったいないという言葉が出るとは。でも、金持ちの方がけちだという話も聞いたことがある。本当かどうかはわからないけれど。

《どこへ行くつもりなの？　母さん、六時には帰ってくるんだよ》

「わかっとる。ちょっと知事室に寄《よ》るだけだ。そんなに遅《おそ》くならん」

知事はささやくように言った。

《知事室？　なんのために？》

「それは、おまえに関係のないことだ」

黄川町《きかわちょう》と県庁所在地《けんちょうしょざいち》の青田市《あおたし》は隣接《りんせつ》しているので、三十分ほどで、ぼくたちは県《けん》庁《ちょう》に着いた。知事は、杉田《すぎた》さんから少し離《はな》れてついていった。

庁舎《ちょうしゃ》に入るとすぐに、

「杉田《すぎた》さん、知事は、まだ会見できないんですか？」

と、声をかけてきた人がいた。とっさに知事は物陰《ものかげ》に隠《かく》れた。

「もうしばらくお待ちください」

「本当は重傷《じゅうしょう》なんじゃないかって噂《うわさ》がありますが」

「いや、相変わらず意気軒昂《いきけんこう》ですよ」

杉田《すぎた》さんは、愛想笑《あいそわら》いで答えた。

《だれ？》

「ブン屋だ」

《ブン屋って？》

「新聞記者。ぶんぶんうるさいヤツらさ」

杉田《すぎた》さんは、逃《に》げるようにして記者を振《ふ》り切《き》ると、エレベーターに乗り、さっとドアを閉《し》めた。知事は、あたりに人がいなくなったのを確認《かくにん》すると、もう一台あとのエレベーターに乗った。それから、知事室のある五階で降《お》りると、廊下《ろうか》を小走りに進んで部屋に飛《と》び込《こ》んだ。すぐに杉田《すぎた》さんが内側から鍵《かぎ》をかけた。

「だれにも見られませんでしたね？」

「大丈夫《だいじょうぶ》だ」

知事は、りっぱな机《つくえ》の方に歩いていくと、革張《かわば》りの黒い椅子《いす》に座《すわ》り、肘《ひじ》かけに腕《うで》を置き、足を組む。その様子は、いかにもえらそうだった。

「ところで、おれの容態《ようだい》はどうなんだ？」

「……それが、担当医《たんとうい》の話では、体は特に悪いところが見あたらないと……」

「なんとかごまかすしかないな」

「先生、早く戻《もど》ってきてくださいよ」

杉田《すぎた》さんは、情《なさ》けなさそうな顔で言った。

「おれだってそうしたいが、これぱっかりはどうしたら戻《もど》れるのかわからないのだ。しかし、小学生というのもなかなかおもしろい。何しろ、思い切り走っても、息が切れないのだからな。今時の給食も案外おいしいぞ。脱脂粉乳《だっしふんにゅう》のミルクなんぞ出ないしな」

知事は、ワッハッハと高笑いした。

《脱脂粉乳《だっしふんにゅう》って何？》

「脱脂粉乳《だっしふんにゅう》ってのは、昔、牛乳《ぎゅうにゅう》の代わりに給食で出たミルクだ。それが、まずいというか、不人気でな。おれたちは、鼻をつまんで飲んだものさ」

県知事

「脱脂粉乳《だっしふんにゅう》って、そんなにまずかったんですか。わたしは飲んだことないですが。おっと、ムダ口をたたいている場合じゃありませんでした。とにかく、わたしはどうしたらいいんです？」

「まあ、焦《あせ》ったところでしかたなかろう。しかし、やっぱりここは落ち着くな。なんと言っても、おれの持ち場だしな」

そう言いながら、知事はフワッとあくびをした。そして……。

＊　＊　＊

眠《ねむ》りに落ちたのは、ほんの一瞬《いっしゅん》のことだったようで、ぼくと知事が入《い》れ替《か》わったことに、杉田《すぎた》さんが気づいた気配はなかった。

ふいに、グッドアイディアがひらめいた。

「おい、杉田《すぎた》」

ぼくは、知事のふりをして杉田《すぎた》さんに向かって言った。

「はい、先生」

「知事が元気でいることを示《しめ》すには、何か新しい行事をやると発表したらどうかな
……どうかと思うが、どうだ」

——おい、尊憲《たかのり》、何を言っているんだ。

「行事と言いますと？」

「さっきも言っただろう。おれは、今、小学校に通っているんだ。つまり、小学生
の意見を聞く、小学生との懇談会《こんだんかい》というのをやろうと思う」

ぼくがそう提案《ていあん》したのは、この前、和奏《わかな》が「これからの未来を生きるんだもの。

それなのに自分たちの意見、言えないなんて」と、嘆《なげ》いていたのを思い出したからだ。

——ばか、勝手なことを言うな！

「……はあ」

「小学生議会といったようなイベントの名前を聞いたことがある、ぞ。早速《さっそく》、そう
発表しなさい」

「日程《にってい》はいかがいたしましょう」

「一ヵ月後ぐらいでどう、だ」

「承知《しょうち》しました。早速広報《さっそくこうほう》に連絡《れんらく》します」

「そうしなさい」

——尊憲《たかのり》!

その時、ぼくはもう一芝居《ひとしばい》打つことにした。目をつぶって寝《ね》たふりをしたのだ。

「先生、どうされました?」

杉田《すぎた》さんの声をしばらくやりすごしてから、ゆっくり目を開ける。そして……。

「あれ? ここ、どこ?」

「先生?」

「……もしかして、杉田《すぎた》さん? 先生って、知事のこと? 知事は寝《ね》てるよ」

——尊憲《たかのり》、おまえ、何をするつもりだ!

「中林《なかばやし》くんなんだね。そうか。眠《ねむ》るたびに人格《じんかく》が入《い》れ替《か》わるって言っていたもんね。今、ちょっとうたた寝《ね》してたみたいだから……君は、中林《なかばやし》くん本人ってわけか」

「そうです。で、ここはどこですか?」

「知事室だよ」

「へえ？　ここがそうなんだ。りっぱな机《つくえ》だなあ」

ぼくは黒い椅子《いす》から立ち上がり、興味深《きょうみぶか》そうに部屋を歩き回った。

「しかし、いつまでこんなことが続くんだろう。困《こま》ったもんだ」

「ぼくだって、大迷惑《だいめいわく》だよ。何しろ、知事って、かなり……」

「大先生ですから」

と、杉田《すぎた》さんは苦笑いを見せた。

「杉田《すぎた》さんも、苦労が多そうだね」

「たしかに。おかげでわたしも、ずいぶん白髪《しらが》が増《ふ》えたよ」

「あのね、ここだけの話だけど、知事の評判《ひょうばん》って、どうなの？」

「それは……わたしからはなんとも」

「大丈夫《だいじょうぶ》だよ。知事はぐっすり寝《ね》てるから」

「そうかな。じゃあ、ここだけの話だよ。たしかに、先生は選挙には強い。でも、県庁《けんちょう》の職員《しょくいん》の評判《ひょうばん》はあんまりよくないよ。何しろ、強引《ごういん》だし短気だし。国の意向には逆《さか》らわないくせに、部下には横柄《おうへい》でね」

——杉田《すぎた》！　それがおまえの本心なんだな。

ぼくは内心、笑い出したくなった。

「知事も、もっと部下の本音を知った方がいいよね」

ぼくの言葉に、杉田《すぎた》さんは、少し情《なさ》けなさそうな顔で、力なく笑った。

それから少しして、ぼくたちはまたタクシーで帰った。帰りの車内で、知事は何も話しかけてこなかった。案外、杉田《すぎた》さんの本音がショックだったのかもしれない、と思ったら、ちょっとだけ気の毒になった。

家のそばまで送ってもらい、着いたのは午後五時半。母さんより先に、帰れてよかった。

＊　＊　＊

宿題をやっているうちに、ぼくはまたまたうとうとと眠《ねむ》ってしまった。そして、ドアが開く音に気がついて目を覚ました時、ぼくはまた後ろに引《ひ》っ込《こ》むことになってしまった。

「ただいま」

《出迎《でむか》えて、お帰り、って言わないと》

ぼくがそう言うと、知事は面倒《めんどう》くさそうに立ち上がり、玄関《げんかん》に向かった。

「お帰り、母さん」

「すぐご飯にするから。タカも手伝ってね。もう、すっかり傷《きず》も治ったみたいだし」

「手伝う?」

《いつもやってるんだよ。母さんが味噌汁《みそしる》作るから、棚《たな》からお茶碗《ちゃわん》出して。花柄《はながら》のが母さんので、ぼくのは青い縦縞《たてじま》のヤツだから》

ぼくがあれこれ説明すると、知事は、のそのそと戸棚《とだな》から、茶碗《ちゃわん》を取り出した。

その後も、箸《はし》を用意してとか、調味料をテーブルに出してとか、いちいち指示《しじ》を出さなければならなかった。知事は、

「なんでおれがこんなことを……」

と、ぶつぶつ言いながらも、従《したが》っていた。

テーブルに並《なら》んだのは、母さんがお総菜屋《そうざいや》さんで買ってきたコロッケとほうれん草のおひたし、漬《つ》け物《もの》、そして豆腐《とうふ》とネギの味噌汁《みそしる》。コロッケにはたっぷりの千切りキャベツが添《そ》えてある。

「いつも思うが、おまえの家は、粗食《そしょく》だな」

ボソッと知事が言った。

《粗食《そしょく》?》

「質素《しっそ》な食事だ」

《しょうがないだろ、貧乏《びんぼう》なんだから》

「おまえだって、とんかつぐらい、食いたいだろ」

小さな声だったけれど、母さんが顔をあげた。

「タカ、今、とんかつ、って言った?」

「あ、いや、なんでもない、よ」

「お給料日には、とんかつにしようね」
母さんが笑いかける。
《母さんを悲しませるなよな！》
「あ、いや、そういう意味ではない、よ。とんかつよりは、ビーフステーキの方がいいし」
「それは、タカのお誕生日《たんじょうび》に、考えるわね」
と、母さんは笑ったけれど、ぼくは、知事のことを蹴《け》っ飛《と》ばしてやりたくなった。
《ぼくは、ステーキなんて、別に食べたくないよ！》
食事が終わってから、知事はぼくの部屋に引《ひ》っ込《こ》んだ。このところ、母さんとあまり話していない。ぼくが前に出ている時も、知事が何かと話しかけてくるので、つい反応《はんのう》してしまいそうになる。ましてや、知事が前にいる時は、ボロが出ないようにしなければならないからなおさらだ。
《算数の宿題、ちゃんとやってよね》
「ふん、小学生の宿題なんか、ちょろいもんだ」

ところが、知事はなかなか算数の教科書を開こうとしない。そして、ぽつりと言ったのだ。
「さっきは、悪かったな」
《え？　なんのこと？》
「ステーキのことだ」
《ああ、あれか。マジ、慌《あわ》てたよ。ぼく、ステーキなんて食べた記憶《きおく》ないし。謝《あやま》るなら、母さんにだよ、って言いたいとこだけど、今さら、蒸《む》し返《かえ》さないでよね》
そう言いながら、ぼくは少しだけびっくりした。この横柄《おうへい》な知事が、ぼくに謝《あやま》るなんて。
「おまえ、父親は死んだと言ってたな」
《ぼくが小さい頃《ころ》にね。だから、父さんのことは、あんまり覚えてない》
「それからは、ずっと、母親と二人暮《ぐ》らしなのか？」
《三年前まで、ばあちゃんがいたよ》
「ばあさんも、亡《な》くなったのか？」

《うん》

「祖父《そふ》は、いなかったのか」

《よく知らない。話聞いたことないし》

ぼくがそう言うと、知事はふらっと部屋を出て、母さんの部屋に向かった。

《おっさん、余計《よけい》なこと、言わないでよ》

知事は、軽く舌打《したう》ちしたが、わかっているという風にうなずいた。それから、ふすまを細く開けて母さんに声をかけた。

「母さん、ちょっと聞きたいことがある、んだよ」

「あら、何かしら」

母さんは、いつもの笑顔《えがお》で振《ふ》り向《む》いた。

「ぼくの、おじいさんは、どんな人だった?」

「おじいちゃんって、どっちの?」

「どっちのでもいい」

「お父さんの方のおじいちゃんには、わたしも何回かしか会ってないの。お父さんは奄美大島《あまみおおしま》出身でしょ。そう簡単《かんたん》に行けなかったしね。でも、おだやかでやさしそうな人よ。今は、お父さんのお兄さん……つまり、あんたの伯父《おじ》さん一家と、果物作りをしながら、島で暮《く》らしてる。あんたがまだ赤ちゃんの頃《ころ》、タンカンという、みかんみたいな果物を送ってくれたことがあったわ」

「母さんの、お父さんは？」

「さあ」

「知らないの？」

「会ったことがないのよ」

「なんで？」

「あんたのおばあちゃんが、わたしが生まれる少し前に、離婚《りこん》したから」

《そうだったんだ》

「おじいさんの話、聞いたこと、なかったたってわけだな」

と知事が言った。それは、ぼくへの問い。でも、母さんは、今まで話さなかった理由を、ぼくがやっとわかったのだと思ったみたいだ。

「お母さんからは、ほとんど聞かなかったわね。でも、二人は中学の時の同級生だったというのを、聞いたことがある。お母さんじゃなくて、お母さんの友だちが話してくれたの。二人は幼《おさな》なじみというか、お互《たが》いに初恋《はつこい》の人だったらしいって」

「初恋《はつこい》の人だと？　なんで離婚《りこん》したんだ？」

「考え方が違《ちが》ったからって、お母さんは言ってたわ」

「考え方とは？」

「その頃《ころ》、県知事が、原発誘致《ゆうち》を決めたのよ。大井《おおい》知事の前の県知事だけど、住民の間で反対運動が起こったの。お母さんも反対していた。でも、お父さんは、県庁《けんちょう》に勤《つと》めていて誘致《ゆうち》に賛成《さんせい》していたんですって。そうすれば、企業《きぎょう》が増《ふ》えて、税金《ぜいきん》も増《ふ》えるからって。お母さん、それに腹《はら》を立てて、家を出てしまったらしいの。アメリカのスリーマイル島《とう》というところの原発が事故《じこ》を起こしたあとで、これから子どもが生まれるのにって。結局、原発はできちゃったけど」

《初めて、聞いた》

「赤浜原《あかはま》発は安全だ、って言う人、たくさんいるよね」

「安全神話ね。たしかに、たいていの人は、まさか自分の住むところで事故《じこ》が起こるなんて考えないのよ。というより、起こってほしくないから、考えないようにするのかもしれないわね」

「そう、なのか、な」

「絶対《ぜったい》に安全なんてことはない。お母さん……あんたのおばあちゃんは、いつもそう言ってたわ。実際《じっさい》、スリーマイル島《とう》の事故《じこ》のあとに、チェルノブイリというところでも大きな事故《じこ》が起きたの。あの時は、原発に賛成《さんせい》する人は、あれはソ連……今のロシアね。ソ連だから起こった事故《じこ》だって言ってたの。技術力《ぎじゅつりょく》の高い日本の原発は安全だって、ね。だけど、今、そういう風に言う人は、少なくなったんじゃないかしら。実際《じっさい》に、福島《ふくしま》で事故《じこ》が起こってしまったから。わたしは、おばあちゃんが正しかったって思ってるわ」

「…………」

「あんたのおばあちゃんは、おじいちゃんのことをめったに話さなかったと言ったけど、一度だけ、昔と変わってしまった、とぼやいてたことがあるの」

「変わってしまったって？」

「反骨精神《はんこつせいしん》をなくしてしまったって」

「……………」

「若《わか》い時は、理想が高くて、中学の時も、ちょっと横暴《おうぼう》な先生に対して、自分の考えを堂々と述《の》べてたって。まあ、わたしは、会ったことがないから、なんとも言えないけれどね」

「……母さんは、おじいさんに会いたいと、思わなかった？」

「そうねえ。物心ついた時から、いないのがあたりまえだったし、わたしにはお母さんがいたから」

《ぼくも同じだよ》

ぼくは言った。それを言葉にすることは、できなかったけれど。ところが……。

「ぼくも同じだよ」

知事がそう言ったので、ぼくはびっくりした。実は、原発は必要だ！　なんてえらそうに主張《しゅちょう》するんじゃないかって、心配していたのだ。

でもやっぱり、部屋に戻《もど》ってから、知事はきっぱりと言った。

「我《わ》が県には、原発が必要だったのだ。そこは譲《ゆず》れん！」

十　住民投票って？

知事は、原発が必要と言い切った。でも、原発の再稼働《さいかどう》に反対している人は多い。和奏《わかな》のお父さんである和弥《かずや》さんの話では、この前の選挙の前に行われた青田タイムズの調査《ちょうさ》では、県民のうち、六割《わり》の人が原発の再稼働《さいかどう》には反対しているし、基地《きち》にオスプレイが来るのにも、七割《わり》が反対だという。それなのに、知事選挙では、大《おお》井《い》知事が勝った。

なんでだろう。

放課後、ぼくは、和奏《わかな》に自分の疑問《ぎもん》を話してみた。

「それ、あたしも不思議なんだよね。ちょっとパパに、聞いてみようか。今日、パパ、代休で家にいるはずだから。うちにおいでよ」

「うん。じゃあ、一度家に帰ってから、行くよ」

というわけで、ぼくはランドセルを家に置いて、和奏《わかな》の家に向かった。和奏《わかな》の家までは、走れば一分で着くから気が楽だ。

――なんだか、楽しそうだな。

「別に。っていうか、今日は、ずいぶんおとなしかったね。学校でもほとんど声かけてこなかったし」

――まあ、だいぶ学校の様子もわかったしな。おまえたちはいいな。未来があって。

「どうだかね。たぶん、今の大人より、ぼくたちが大人になってからの方が大変だと思うよ」

――なんでそう思うんだ？

「格差《かくさ》っていうの？　今は貧乏《びんぼう》な人がたくさんいるし、母さんみたいに非正規職員《ひせいきしょくいん》が多くて、正社員になれない人も増《ふ》えてる。年金だってもらえないかもしれない。AIとか、いろんな技術《ぎじゅつ》が進んで、人間がやれる仕事が少なくなるかもしれない。温暖化《おんだんか》のせいで、夏も暑いし、あっちこっちで集中豪雨《ごうう》も起こってるでしょ。地震《じしん》も増《ふ》えてる。それに、ぼくたちが生まれる前よりも、日本は戦争ができる国に近づいてるって、死んだばあちゃんも、心配してたし」

――子どもらしくないことを言うもんじゃない。子どもは夢《ゆめ》を持たなきゃだめだろ。

「子どもが夢《ゆめ》を持てる社会にするのは、大人の役目なんじゃないの？」

――口のへらないガキだな。

知事がいやそうに言った。でも、ちょっとだけ、知事の言い分もわかる。ふだんのぼくは、そんなに堂々と意見を言えるタイプじゃない。だけど、どういうわけか、知事が相手だと、けっこう言いたいことが言える。

「それよか、知事の仕事、大丈夫《だいじょうぶ》？」

――おまえに心配されるほど、落ちぶれておらんわ。

なんて話しているうちに、和奏《わかな》の家に着いた。木造《もくぞう》のこぢんまりとした家だ。

――小さな家だな。

「和奏《わかな》の家もそんなにお金ないし。でも、うちよりはずっと広いよ」

ドアホンを押《お》すと、すぐに和奏《わかな》がドアを開けてくれた。中に入ると、ダイニングキッチンの椅子《いす》に座《すわ》っていた和弥《かずや》さんが、笑顔《えがお》でぼくを迎《むか》えてくれた。

「やあ、尊憲《たかのり》くん、すっかり元気になったようで、安心したよ」

和奏《わかな》が、ビスケットと麦茶をテーブルに出しながら、

「さっきの話、パパにしておいたよ」

と言った。

「あ、うん」

和弥《かずや》さんは、ぼくたちにもわかるように、ゆっくりと話してくれた。

「知事選で投票する人が判断《はんだん》の基準《きじゅん》にするのは、原発や基地《きち》の騒音被害《そうおんひがい》の問題だけじゃないんだよ。たとえば、県の産業をどうするか。これには、農業や漁業、林業の問題も含《ふく》まれる。都市部の開発をどうするか、教育はどうするか、などなど、いろんな問題があって、総合的《そうごうてき》に判断《はんだん》するってわけだ」

「ってことは、原発や騒音《そうおん》のこと以外では、知事は支持《しじ》されているの？」

とぼくは聞いた。

「それは、有権者《ゆうけんしゃ》、つまり投票できる大人たちが、どれくらいきちんと考えて投票

していることにも関わってくるけどね。ほら、国会議員の選挙でも、名前が知られている芸能人《げいのうじん》や元スポーツ選手が、当選することもあるだろ。もちろん、そういう人の中には、りっぱな人もいるけど、政治《せいじ》のことがわかっているとは思えない人もいる。社会や政治《せいじ》のことを勉強してない人が選ばれることもあるんだ」

するると、今度は和奏《わかな》が聞いた。

「でも、仮《かり》に、ほかの政策《せいさく》では、今の知事が支持《しじ》されているとしたら、原発や基地《きち》よりも、大事なことがたくさんあるってこと?」

「そうだなあ。原発も騒音《そうおん》も大切な問題だけど、はっきり言って、県内でも原発や基地《きち》から離《はな》れたところに住んでいる人は、あまり重要な問題だとは感じてないかもしれないね。それよりも毎日の暮《く》らしの方を優先《ゆうせん》する、と考える人が多いのも現実《げんじつ》なんだよ」

「でも、原発事故《じこ》が発生したら、ちょっとぐらい離《はな》れてたって、影響《えいきょう》受けるし、この間みたいなヘリの事故《じこ》とかも、どこで起こっても不思議はないんじゃないの? 場所を選んでヘリが落ちてくるわけじゃないから」

と、また和奏《わかな》が聞く。

「それはそうだけれど、やっぱり近くの人と離《はな》れたところの人とでは、切実感が違《ちが》うんだよ」

――原発や基地《きち》があるおかげで助かってる人もたくさんいるんだぞ。

知事が言ったが、ぼくは無視《むし》することにした。

「ほかにも理由があるの？　今の知事って、四回も勝ってるんだよね」

「やっぱり、お金かな」

「買収《ばいしゅう》とかしてるの？」

――そんなことはせん！

「学級委員の時……」

と、言いかけて口を閉じたが、和奏《わかな》が首をかしげた。

「学級委員って？」

「あ、いや、なんでもないよ」

「買収《ばいしゅう》しているかどうかは、わからないよ。ただ、もともとお金があれば、選挙運動にもお金をかけられるだろ？　運動員も増《ふ》やせるし、宣伝《せんでん》もたくさんできる。国会議員の選挙戦では、与党《よとう》の政党《せいとう》は、お金をたくさん使って、気のきいたコマーシャルとかも作ったりしている。つまり、資金力《しきんりょく》の差は大きい。そんなことで選んでほしくない、ってぼくは思うけどね」

と、和弥《かずや》さん。

——青臭《あおくさ》いことを言いおって。だれだって、金の前にはひれ伏《ふ》すもんだ。

「そんなこと……」

ぼくは、言いかけた言葉を途中《とちゅう》で止めた。

「パパ、ほかにもまだ、理由はあるの？」

「そうだな。今の知事が最初に選挙に出た時は、新人同士の争いだったんだ。大井《おおい》政作《せいさく》氏は、県議会議員をやっていたし、中央、つまり政府《せいふ》とのパイプもあった。知名度も高かったんだよ。議員になる前は県庁《けんちょう》の職員《しょくいん》で、顔も広かったようだね。それでも、原発に反対していた候補《こうほ》は、善戦《ぜんせん》したけど、大井《おおい》知事はわずかの差で勝った。だけど、二期目は圧勝《あっしょう》した」

為大井政作殿
祈必勝

「なんで？」

「特に大きな問題が起きなければ、人はあまり変化を求めない。今のままでいいと感じてしまう人が多いのかもしれないね」

「三期目は？」

「三期目の選挙は、東日本大震災《ひがしにほんだいしんさい》が発生したあとだったからね。その時の選挙では、原発問題が注目されたこともあって、圧勝《あっしょう》ではなかった。それでも、今の知事が勝った。投票日の天気があまりよくなかったのも影響《えいきょう》したかもしれない」

「天気がどう関係するの？」

とぼくが聞く。

「天気が悪いと、投票率《とうひょうりつ》が下がる。投票率《とうひょうりつ》が低いと、現職《げんしょく》が有利になることが割《わり》と多いんだ」

「なんで？」

「大井《おおい》知事は、国の政策《せいさく》を支持《しじ》する人と、大会社に支《ささ》えられている。つまり、組織《そしき》票《ひょう》というのが大きい。そういう人たちは、天気が悪くても選挙に行く人が多い」

「でも、選挙って、一人一人が考えて投票するんでしょ」

と和奏《わかな》。

「そうなのだけど、実際《じっさい》には、自分が所属《しょぞく》している団体《だんたい》の方針《ほうしん》に従《したが》う人も、少なくないんだ」

「ぼくは、十八歳《さい》になったら、ぜったい、自分で考えて投票するよ」

「あたしだって。それに、ぜったいに棄権《きけん》しない」

「二人とも、その言葉、忘《わす》れるなよ」

和弥《かずや》さんは、そう言って笑った。

「知事は、四期目だから、もう一回、選挙があったんだよね」

「そう。その時は、多選との批判《ひはん》もあったけど、やっぱり勝ってしまった」

「タセン？」

「同じ人がずっと続けることはよくない、という声もあるんだ」

——ばかいえ。六期も、七期も続けた人がいるじゃないか。

「もっと続けた人もいるの？」

「いることはいるよ。うちの県じゃないけど、八期続けた知事がいる。ただ、最近は批判《ひはん》もあって、多選禁止《きんし》を求める動きなんかもある」

「今の知事、次も出るつもりなのかなあ。やだなあ、あの知事」

と、和奏《わかな》がため息をつく。

――いけ好かないガキだな。

知事がつぶやいたが、もちろん、ぼくは無視《むし》した。

「でも、個別《こべつ》の問題について、問いかけることも可能《かのう》なんだよ」

と和弥《かずや》さんがまた口を開く。

「どういうこと？」

「住民投票って聞いたことないかい？」

「あ、それ、社会でやったかも」

「ずいぶん前だけど、住民投票で、原発計画を撤回《てっかい》させたということもあったんだ」

――住民投票には法的な拘束力《こうそくりょく》はない。

「どういうこと？」

とぼくはつい、知事の言葉に反応《はんのう》してしまった。すると和奏《わかな》が、あきれたように言った。

「タカ、何言ってんの、住民が勝ったってことでしょ」

「そうじゃなくて……あの、住民投票って、絶対的《ぜったいてき》なものなの？」

「いい質問《しつもん》だね。たとえば、赤浜《あかはま》原発の停止について、住民投票を行うには、条例《じょうれい》……条例《じょうれい》はわかるかな？」

「地方自治体の法律《ほうりつ》みたいなものでしょ？」

と和奏《わかな》。

「まあ、そうだな。まず、住民投票条例《じょうれい》を作るように議会に請求する。それには、まず赤浜町《あかはまちょう》の有権者《ゆうけんしゃ》、つまり選挙権のある人の五十分の一の署名《しょめい》を集めなくちゃならない。集まった場合、町長は、住民投票のための条例《じょうれい》を作る。そして、実際《じっさい》に原発再稼働《さいかどう》の是非についての住民投票が行われ、開票したら反対が多かったとするよね。ところが、住民投票条例《じょうれい》というのはね、知事とか市長、町長、それから県や市町村の議会は住民投票の結果を最大限尊重《さいだいげんそんちょう》する、という風に書かれている場合が多くて、絶対的《ぜったいてき》なものじゃない」

「そうなの？　住民が意思《いし》を示《しめ》しているのに？」

和奏《わかな》が聞いて、和弥《かずや》さんがうなずく。

「それに、こんなこともあった。うちの県の話じゃないけど、道路の建設《けんせつ》をめぐって住民投票を行ったんだ。でも、投票率《とうひょうりつ》が低かった。この時は、投票率《とうひょうりつ》が五十パーセントに達しない場合は不成立ということが決まっていたんだ」

「選挙では、もっと低いこともあるのに？」

「まあそうだけど、あらかじめ、そういう風に決められていたから。それはともかく、五十パーセントに達しなかったとしても、何万人もの人が投票したから、結果を知りたいだろ？」

「うん」

ぼくと和奏《わかな》は、同時にうなずいた。

「ところが、どのみち成立しないのだからということで、開票もしなかった。それで、投票の結果はわからずじまいだったんだ」

「なんか、それってひどくない？」

和奏《わかな》がすぐに言った。ぼくも同じ気持ちだ。たとえ成立しなかったとしても、どれくらいの人がどっちに投票したかは知りたい、と思ったのだ。

——それが法の秩序《ちつじょ》ってものだ。

「うるさいんだよ」

ムッとしたので、つい、言葉が飛び出す。

「何？」

「あ、ごめん。独《ひと》り言《ごと》。気にしないで」

——ばかめ。

と、知事がせせら笑った。にらみつけたいところだけど、その相手はぼくの中だ。

和弥《かずや》さんが、ぼくと和奏《わかな》をちらっと見てから、話を続けた。

「住民投票は絶対《ぜったい》じゃない。だからといって、意味がないわけじゃないんだ。そういう形で、自分たちの意思《いし》を示《しめ》すことは大事だからね」

「直接《ちょくせつ》民主主義だよね。原発のことでもやればいいのに」

と、和奏《わかな》が言った。

「原発だって、立地してる自治体だけじゃなくて、隣接《りんせつ》の自治体で、住民投票条例《じょうれい》を作ろうとしたところもあるんだよ。現《げん》に……」

ぼくはその時、はじかれたように立ち上がった。

「あの、ぼく、そろそろ帰る」

和弥《かずや》さんは、反知事派《は》だ。和奏《わかな》のお母さんの倫子《みちこ》さんも、たぶん、ぼくの母さんもだ。だから、和弥《かずや》さんたちがやろうとしていることの手の内を、知事に知られるのはよくない、と思ったのだ。

十一　和奏《わかな》の追及《ついきゅう》

ぼくが帰ろうとすると、

「タカ、送るよ。パパ、図書館に行ってくる」

と言って、和奏《わかな》がいっしょに出てきた。送るって、走って一分のところに？　と思ったが、なんとなく、まだ話したいことがあるんじゃないかと思ったので、ぼくはあえて何も言わなかった。

玄関《げんかん》を出ると、和奏《わかな》は、案の定、

「ねえ、タカも、図書館に行かない？」

と誘《さそ》ってきた。ということで、ぼくもいっしょに図書館に行くことにした。

途中《とちゅう》、畑の横を歩いていた時、ふいに和奏《わかな》は立ち止まった。そして、畑の中の一点を指さす。

「あのあたりだよね」

「……うん」

そこは、ぼくが事故《じこ》に巻《ま》き込《こ》まれた場所だ。

「あたし、ほんとに心配したよ」

「……でも、たいしたけがじゃなかったし」

「そうなのかな。たしかに、元気そうだけど。なんか、タカが変になったのって、あれからだよね」

和奏《わかな》は正面からぼくをじっと見つめている。思わず逃《に》げ出したくなるくらい、強い目力で。

「変って、どういうこと？」

「タカ、ほんとにタカ？」

「何言ってんの？　ぼくは、ぼくだよ。あたりまえだろ！」

「そうだね。今は、ほんとのタカみたい。だけど、あれから時々、なんだか、タカじゃないって気がした時があったんだよね。なんか、だれかに乗っ取られたみたい、っていうか」

「そ、そんな。漫画《まんが》じゃあるまいし」

と言いながらも、心臓《しんぞう》がばくばくしてきた。なんと言っても、保育園《ほいくえん》時代から知っている和奏《わかな》だ。寝《ね》てる時間を別とすると、母さんよりもいっしょにいた時間が長いかもしれない相手なのだ。

「そうだよね。だけど……やっぱり、あたしに隠《かく》してること、あるでしょ」

──おまえたち、そんなに親密《しんみつ》だったのか？

「そんなわけないだろ！」

これは、知事に対する言葉だった。でもすぐに、

「そういう乱暴《らんぼう》な言い方、いやだな」

と、言われてしまった。

「そうじゃなくて……」

できることなら、すべて話してしまいたかった。だけど、自分の中にもう一人別の人格《じんかく》がいるなんて、どうして信じてもらえることができるだろう。

土日をはさんで次の月曜日は、知事が前に出る日だ。

《ねえ、おっさんが前に出てる日は、和奏《わかな》になるべく近づかないでよね》

「なんでだ?」

《わかってるでしょ。なんかおかしいって、疑《うたが》われてるんだから》

「わかった」

と、知事が言ったので、ぼくは少しほっとした。

ところが、そんな時に限《かぎ》って、和奏《わかな》が近づいてくる。朝、教室に入るとすぐに、話しかけてきたのだ。

「タカ、先週は変なこと言って、ごめんね」

《気にしてないよ、って言って》

「気にしてないよ」

「ならいいけど。それよか、パパに聞いたんだけど、びっくりだよ。今度、知事がね、小学生との懇談会《こんだんかい》、やるんだって」

「そうらしいな」

知事は、少し腹立たしそうに言った。

「タカ、なんで知ってるの？　パパは知り合いの記者さんに聞いたって言ってたけど、まだ記事になってないし、県庁のホームページにも出てないのに」

「どこかで聞いたんだよ。どこでだったかな。それより、君、応募《おうぼ》したらどうだ、よ」

《君、なんて呼《よ》んでないよ》

「あ、和奏《わかな》だったな」

《ばか、何言ってんの！》

「ばかとはなんだ」

ぼくは頭をかかえたくなった。なんでこんなに短気なのだろう。

「タカ？」

「独り言《ひとりごと》だ。気にするな」

けれど、和奏《わかな》は、思い切り眉《まゆ》を寄《よ》せてぼくをにらんだ。と、その時、始業のチャイムが鳴った。和奏《わかな》はふっと息をはいて、自分の席に向かった。

《今日は、和奏《わかな》に近寄《ちかよ》らないようにしてよね》

「わかってる」

知事はボソッと言った。

昼休みには、和奏《わかな》が近づいてくる前に、幹生《みきお》たちと外に出てサッカーをやった。

知事ときたら、いきなり「あ、百円落ちてる！」と叫《さけ》んで、相手をびっくりさせてボールを奪《うば》い取《と》ったり、わざと転んで足をひっかけられたようなふりをしたりと、ふだんぼくがしないようなせこいプレーをして、高笑いをする。

「どうしたんだよ、タカらしくないよ」

と、幹生《みきお》にあきれられてしまった。

放課後は、和奏《わかな》につかまらないように、一目散に教室を飛び出した。

だけど、それであきらめる和奏《わかな》ではなかった。

家に帰ってから、机《つくえ》の前に座《すわ》ってぼんやりしていると、ドアホンが鳴った。

《和奏《わかな》かも》

ぼくが言うと、知事は珍《めずら》しく気弱な調子で聞いてきた。

「どうしたらいい？　居留守《いるす》を使うか」

《そうだね……》

でも、ドアホンはしつこく鳴っている。ドアをたたく音も。さらには、

「タカ、いるんでしょ！」

という声まで聞こえた。やっぱり、和奏《わかな》だった。

「眠《ねむ》ればいいのか？　そうしたら、おまえが前に出られる」

《そんなに都合よくいかないよ。とにかく、ドア、開けるしかなさそうだね》

知事はうなずいて、のそのそと玄関《げんかん》に向かった。

ドアを開くと、和奏《わかな》はずかずかと入《はい》り込《こ》む。そして、テーブルの上にビスケットを置いた。

「おやつ持ってきた。食べよう。座《すわ》りなよ」

「あ、うん」

「うちも貧乏《びんぼう》だけどさ、タカんちも貧乏《びんぼう》だよね」

「そんな言い方しなくてもいいだろ」

と、知事が言ったとたん、和奏《わかな》はキッと鋭《するど》い目を向けた。

「やっぱ変。タカは、そんなこと、言わない。あたしたち、いつも、お互《たが》い貧乏《びんぼう》だよね、って言い合ってきたもの」

「それは……」

「ねえ、タカ、話してよ。いったいどうしたの？」

「…………」

「ほんとに、タカじゃないみたいで、あたし、なんだかずっと……」

入ってきた時の勢《いきお》いがなくなって、和奏《わかな》は、なんだか泣きそうな顔になった。そのまましばらく、どっちも口をきかなかった。そして……。

「そう。おれは、尊憲《たかのり》ではないんだ」

知事が言った。

《な、何を言い出すんだよ！》

「いいだろう？　杉田《すぎた》だって知っていることだ」

いきなり、口調が変わったので、さすがに和奏《わかな》は目を白黒させた。

「……タカじゃないって」

「いや、尊憲《たかのり》ではない、というのも正しくはないな。おまえは、尊憲《たかのり》が、事故《じこ》に遭《あ》った頃《ころ》から様子がおかしくなったと、そう言ってたな？」

「……そうよ。時々、言葉遣《づか》いが変になるし、独《ひと》り言《ごと》も増《ふ》えたし、第一、なんとなく雰囲気《ふんいき》が違《ちが》ってたもの。いつもじゃないけれど」

気味悪そうな目を向けながらも、和奏《わかな》はしっかりとそう言った。

「なるほど、学級委員をやるだけあって、おまえはなかなか賢《かしこ》い娘《むすめ》のようだな」

知事は、ゆっくりとあぐらをかいて腕《うで》を組む。そのふてぶてしい態度《たいど》に、和奏《わかな》は少し怯《おび》えたように、身を後ろに引いた。

《脅《おど》かすような態度《たいど》、やめてよ！》

「おまえは黙《だま》ってろ」

「え？」

「驚《おど》いたか？　今、おれは、尊憲《たかのり》に言ったのだ」

「……どういうこと、ですか」

「尊憲《たかのり》とおれは、あの時の事故《じこ》にいっしょに巻《ま》き込《こ》まれた。その時、おれの魂《たましい》が抜《ぬ》け出《だ》した。魂《たましい》というより、意識《いしき》といった方がいいのかもしれない。そしてそれが、尊憲《たかのり》の中に入《はい》り込《こ》んだ」

「じゃあ、タカは？」

「尊憲《たかのり》はいる。おれと尊憲《たかのり》は、眠《ねむ》るたびに、話したり行動したりする主体……主体というのはわかるか？」

和奏《わかな》が小さくうなずいて言った。

「なんとなく」

「主体が入《い》れ替《か》わる。今はおれが前に出ているが、昨日は尊憲《たかのり》だった。そして、隠《かく》れている方は、表に出ている方に呼《よ》びかけることはできる。もちろん、ほかの者には聞こえない。テレパシーみたいな感じかな。さっき、尊憲《たかのり》は、おれにこう言ったのだ。脅《おど》かすような態度《たいど》、やめてよ！」

「……ウソ」

「ウソではない」

「タカ、ほんとに、タカは、いるの？」

《いるよ。この人の言うとおりなんだ。でも、こんな話、だれが信じられる？　母さんにだって話せるわけないでしょ》

「尊憲《たかのり》は、今、こう言った……」

知事は、ぼくが言った言葉を、そのまま繰《く》り返《かえ》して和奏《わかな》に伝えた。

「ほんとに……」

《信じられないかもしれないけれど、本当に今、ぼくは、和奏《わかな》に呼《よ》びかけているんだ。でも……このこと、母さんには、話すつもりはないけど》

また、知事がぼくの言葉をそのまま伝える。すると、和奏《わかな》の瞳《ひとみ》から涙《なみだ》があふれて、ツーッと頰《ほお》を伝った。それから、和奏《わかな》は、ぼくの手をぎゅっと握《にぎ》った。慌《あわ》てた知事が、びっくりしてその手を振《ふ》り払《はら》った。

「あ、ごめんなさい」

「いや、驚《おどろ》いただけだ」

「そっか、今は、タカじゃないんだったね」

《でも、ぼくはここにいるよ》

知事がまた伝える。

「ごめんね。泣くなんて、どうかしてるよね、あたし。つらいのはタカなのに」

その瞬間《しゅんかん》、ぼくの胸《むね》にぐっとこみ上げるものがあった。もっとも、それを表現《ひょうげん》することはできなかったけれど。やっぱり、和奏《わかな》は親友だ。それに、女の子としても、いけてる。和奏《わかな》は、照れくさそうに笑って聞いた。

「で、同居《どうきょ》しているのって、いったいだれなの？」

「つまり、おれがだれかということだな？」

「タカの顔で、タカの声で、そんな風に言われたくない」

「しかたないだろう。おれだって、好き好んで同居《どうきょ》しているわけではない」

「それは、そうでしょうけど」

「おれは、大井政作《おおいせいさく》だ」

「……ウソ」

「名前だけでわかるのか」

「県知事、でしょ。そっか、タカが事故《じこ》に遭《あ》った場所に、県知事もいたんだった」

「そういうことだ。だが、どうしたらおれの魂《たましい》というか、人格《じんかく》が元に戻《もど》れるのかは、わからない」

「知事は、どうしているんですか？」

「体のことか？　まだ入院中だ。表向きは自宅療養《じたくりょうよう》中ということになっているが。目を覚まさないままで、医者にも原因《げんいん》はわからないそうだ」

と、そんな話をしていた時だった。

知事の携帯《けいたい》が鳴った。ポケットから取り出して、発信者を見ると、杉田《すぎた》さんだった。電話に出るとすぐに、知事は腹立たしそうに言った。

「いったいなんだ。やたらにかけるなと言っただろう」

「すみません、しかし、緊急事態《きんきゅうじたい》なんです」

緊急事態《きんきゅうじたい》って、まさか、知事の体がどうかしたのだろうか？

十二　記者会見

「だから、何ごとだ？」

「それが、この前知事室にいらした時に、わたしと会話しているのを聞かれたようなのです。それで、知事室に来られるぐらいなら、会見を開いてほしいと、さっきマスコミの連中が押《お》しかけてきて……」

「ばかな。知事室にいたのは、小学生だぞ」

「それが、わたしが、先生、と呼《よ》びかけているのを聞かれたようで」

「おまえが大きな声を出したからだな？　そういえばあの時、おれの悪口を言っていたな？　職員《しょくいん》の評判《ひょうばん》が悪いとか」

「ヒエーッ！」

杉田《すぎた》さんが悲鳴をあげたので、ぼくが助け船を出した。

《そんな話、してる場合じゃないよ》

「よし、記者会見をやろう」

「ええ？」

「おれに考えがある。日程《にってい》は明後日の夕刻《ゆうこく》だ。マスコミのヤツらには、おまえから周知しておけ」

知事はそう言うと、乱暴《らんぼう》に電話を切った。

話の様子が和奏《わかな》にもわかったのだろう。

「どうするつもりなんですか？」

と聞いた。知事は少し考《かんが》え込《こ》むように腕《うで》を組んでから、言った。

「尊憲《たかのり》、おまえ、けっこう背《せ》が高いが何センチある？」

《一六五センチだけど》

「一六五センチか。おれは一六八センチだから、あまり変わらないな」

「ええ？　まさか、タカが記者会見するの？」

「会見するのはおれだ。ただし、顔は隠《かく》す」

「だけど、見た目はタカじゃないですか。背《せ》はそんなに変わらなくても、横幅《よこはば》がぜ

ばいいのだからな」

「太った人間を痩《や》せて見せるには限度《げんど》があるが、その反対はそうでもない。着込《きこ》めばいいのだからな」

「でも、声は？」

「ボイスチェンジャーで低い声にする。幸い、おれと尊憲《たかのり》の声は、案外似《に》ている」

《似《に》てないよ！》

と、思わずぼくは抗議《こうぎ》した。

「いや、しゃべり方は違《ちが》うが、声の質《しつ》は近い方だ」

知事は不敵《ふてき》に笑った。なんだか妙《みょう》なことになってきた。

結局、ぼくが、いやぼくの体の中にいる知事が、記者会見に臨《のぞ》むことになった。傷《きず》がまだ治ってないから、ということで顔には包帯を巻《ま》き、頭にも傷《きず》があることにして帽子《ぼうし》をかぶり、たくさん着込《きこ》んで体を膨《ふく》らませた上に知事の背広《せびろ》を着る、というけっこうトンデモな案。大丈夫《だいじょうぶ》か心配だけど、やるっきゃない、と、ぼくはやけくそで思った。

んぜん違《ちが》う」

＊　＊　＊

次の日、学校から帰ると、

――おまえの家に仏壇《ぶつだん》はあるのか？

と知事に聞かれた。

「あるよ。母さんの部屋に。小さいけどね」

――遺影《いえい》もあるか、おまえの父親の。

「うん。父さんの写真と、ばあちゃんの写真、並《なら》べてる」

――ちょっと拝《おが》ませてくれ。仏頼《ほとけだの》みってわけだ。

ぼくは、母さんの部屋のふすまを開けた。黒い仏壇《ぶつだん》の前に立って、手を合わせる。やっぱりぼくも神頼《かみだの》みならぬ、仏頼《ほとけだの》みって気分になったのだ。目を閉《と》じて、明日の会見がうまく終わりますように、と祈《いの》った。

――おまえは、母親似《ははおやに》のようだな。

「そうかな。父さんに似《に》てるって、母さんは言うけどね」

——父親のことは覚えてないと言ってたな。それもまあ、無理はないか。

知事は、父さんのことをあれこれ言いながらも、実際《じっさい》に気にしているのは、ばあちゃんの写真のようだった。

「ねえ、まさかだけど、ばあちゃんのこと、知ってるの？」

——そんなはずがあるわけないだろう。離婚《りこん》したというから、どんな面構《つらがま》えかと思ってな。なるほど、気の強そうな顔をしている。

「やさしかったよ」

——そうか、やさしかったか……。

なぜかしんみりと、知事はつぶやいた。

ぼくは、明日の会見までに、なんとか奇跡《きせき》が起こって、知事の意識《いしき》が本体に戻《もど》ることを祈《いの》った。けれど、そうそう都合よくいくはずもなかった。

＊　＊　＊

記者会見の日。

幸い、うっかり二度寝《にどね》やうたた寝《ね》をすることもなく、無事に午後になった。それでも、夕方の会見の時間までは、気が抜《ぬ》けない。

記者会見の場には、和奏《わかな》も行くことになっている。事実を知っている和奏《わかな》がいれば、何かの助けになるかと思ったからだ。和奏《わかな》は頭がいいし、機転がきく。それより何より、ぼく自身が、和奏《わかな》がいっしょなら落ち着くことができそうだ。もっとも、今日は前に出ているのは知事だから、記者会見ぐらいで、緊張《きんちょう》したり慌《あわ》てたりはしないだろうけれど。

ついでに小学生との懇談会《こんだんかい》について説明するために、和奏《わかな》だけじゃなくて、ほかの学校からも何人か小学生を会見に招待《しょうたい》することにし、会見する会議室の前の方に座《すわ》ってもらうことになった。そのために、杉田《すぎた》さんが急いで数人の小学生を集めてきた。小学生がその場にいれば、記者たちも、あんまり厳《きび》しい質問《しつもん》はしないかもしれない、というのが杉田《すぎた》さんの考えだったのだ。

「小学生との懇談会《こんだんかい》などと、おまえが勝手に言い出した時は腹《はら》が立ったが、けがの功名というもんだな」

と、知事は笑った。

学校から帰ると、知事とぼくと和奏《わかな》は、杉田《すぎた》さんの車に乗って県庁《けんちょう》に向かった。母さんには、グループ学習で、県庁《けんちょう》に見学に行くことになったとウソをついた。

県庁《けんちょう》に着いてすぐに、知事室で着替《きが》えをする。何枚《なんまい》もシャツを着込《きこ》んで、最後に背広《せびろ》を着た。顔に巻《ま》いた包帯の隙間《すきま》から目と鼻と口だけが見える。それから知事の老眼鏡《ろうがんきょう》をかけて、帽子《ぼうし》もかぶる。こうして知事に見えるように変装《へんそう》をしてから、会見を行う会議室に向かった。

会議室は三十人ぐらい入れる部屋で、演台《えんだい》と椅子《いす》の間に、磨《す》りガラスの衝立《ついたて》を立てた。さらに、ボイスチェンジャーをセットする。

準備《じゅんび》がすべて整ってから、三十分後、会見に臨《のぞ》む記者たちが現《あらわ》れた。記者たちよ

りも先に部屋に入れた小学生たちが十人ほど、すでにいちばん前の席に座《すわ》っている。和奏《わかな》はそのど真ん中の席だ。

マイクを持った杉田《すぎた》さんが、会見の開始を告げる。

「では、これより、大井《おおい》知事の記者会見を始めます。なお、本日の会見は、県内、といっても、青田市《あおたし》が中心ですが、県内の小学生諸君《しょくん》を招《まね》いています。では、まず、知事、どうぞ」

知事は、立ち上がり、記者たちの方を見て一礼した。

「大井《おおい》です。みなさんに、ご心配をかけたが、このとおり元気です。しかし、顔のけがまだ治らず、お見苦しい姿《すがた》を見せたくない。それで、今日は衝立《ついたて》を置かせてもらうので、ご了承《りょうしょう》願いたい。まず、今、杉田秘書《すぎたひしょ》が述《の》べたように、小学生諸君《しょくん》が参列している。それというのも、すでにプレスリリース済《ず》みだが、来月、小学生との懇談会《こんだんかい》を行うので、それに先立ち、何人かの小学生をこの場に招待《しょうたい》した。小学生諸君《しょくん》、今日は君たちの質問《しつもん》も受け付けます」

杉田《すぎた》さんが発言をうながすと、小学生たちは、もじもじするばかりで、手を上げようとはしない。ぼくは、心の中で「和奏《わかな》、何か聞けよ」と叫《さけ》んでいた。

記者の手が上がる。その記者は、墜落事故《ついらくじこ》があったことにからめて、アメリカ軍の夜間飛行訓練について、知事の考えを聞いた。型どおりの答え。内心ではむかついたけれど、ぼくは反発心をおさえて黙《だま》っていた。変に知事を刺激《しげき》したら、ややこしいことになるからだ。

次の質問《しつもん》は、春一番が吹《ふ》いた日に県の北部で発生した竜巻被害《たつまきひがい》についてだった。それから、ゴミ収集《しゅうしゅう》の問題、来年予定されている陸上競技《きょうぎ》大会のこと……。知事はどの質問《しつもん》にも淡々《たんたん》と答えた。

たぶん、もともとの知事の声とは違《ちが》っているはずだったが、話しぶりは、あたりまえだけど、知事そのもの。なので、特に疑《うたが》われるようなこともなかった。

「小学生のみなさん、いかがですか」

と杉田《すぎた》さんがまたうながすと、メガネをかけた男の子が手を上げた。

「あのう、ぼくは、原発はやっぱり動かさない方がいいと思います。もし、事故《じこ》が起こったらと思うと、怖《こわ》いです」

《そうだそうだ》

と思わず叫《さけ》ぶ。もちろん、声にはならないけれど。

「いや、赤浜《あかはま》原発は、地盤《じばん》もしっかりしたところに建っているから、大丈夫《だいじょうぶ》だよ」

「でも、この前も事故《じこ》があったし」

と言ったのは、別の子だった。

「それは、小さなミスだから、影響《えいきょう》もなかったし、問題ない。石油は限《かぎ》られた資源《しげん》だ。それに、原発は空気を汚《よご》さない」

　すると、最初に発言した男の子が言った。

「だけど、大きな事故《じこ》が発生したら、人が住めなくなってしまうかもしれないですよね」

「そんな事故《じこ》は、起こらない。そのために、きちんと点検《てんけん》もしている。それに、もし、原発がなければ、赤浜町《あかはまちょう》はどんどん寂《さび》れてしまうだろう。原発があるから、道路も整備《せいび》された。りっぱな競技場《きょうぎじょう》や、温水プールのある体育館もできた。ミライ科学館もできたじゃないか。ミライ科学館は、楽しみながら学べる。君たちも行ったことがあるだろう？」

その時、和奏《わかな》が手を上げた。

「それって、箱物ってヤツですよね。でも、あたし、ちょっと調べたんですけど、競技場《きょうぎじょう》も体育館も、大きさに見合うだけの利用はされてません。それから、ミライ科学館は、できた年こそ、入場者数が多かったですが、どんどん減《へ》っていて、今は最初の年の半分もいません。それなのに、維持費《いじひ》が町の財政《ざいせい》を圧迫《あっぱく》しているって聞きました」

和奏《わかな》の堂々とした態度《たいど》に、記者たちが感心したようにざわめいた。杉田《すぎた》さんが慌《あわ》てて、

「ほかのことで、質問《しつもん》はないかな」

と聞く。別の子が手を上げた。

「ぼくのクラスには、親が離婚《りこん》した友だちがいます。フィリピン人のお父さんは帰国してしまい、今は、日本人のお母さんと二人で暮《く》らしてます。でも、お母さんの仕事が見つからなくて大変みたいで、このままでは修学《しゅうがく》旅行に行けないかもしれま

せん。ほかにも、生活が苦しい子が、たくさんいるって聞きました。今、お金持ちは一部の人だけで、貧《まず》しい人が増《ふ》えているそうです。貧《まず》しい人が少なくなるようにしてください」

知事は不機嫌《ふきげん》そうに、ほかの人には聞こえないくらいの声でつぶやいた。

「まったく、杉田《すぎた》のばかが、生意気なガキばかり集めおって」

けれど、ぼくには感情的《かんじょうてき》に怒《いか》りを爆発《ばくはつ》させるのに、この日の知事は、けっして怒《ど》鳴《な》ったりしない。この時も、おだやかそうなふりで答えた。

「心配することはない。県の税収《ぜいしゅう》は上がっている。そのうちに、経済《けいざい》……お金の流れがよくなって、貧《まず》しい人の収入《しゅうにゅう》も増《ふ》えるはずだからね」

《それって、本当？　景気がよくなったっていうけど、格差《かくさ》が広がってるって、和《わ》奏《かな》のお母さんも言ってたけどな》

ぼくは、ついつぶやいてしまったが、知事は、それに反応《はんのう》したりはしなかった。

その後は、給食のこととか、海水浴場のゴミのことについて質問《しつもん》した子がいた。

「では、最後の質問《しつもん》です。どなたかありますか」

杉田《すぎた》さんが言うと、また和奏《わかな》が手を上げた。

「どうぞ」

「あの、県庁《けんちょう》の職員《しょくいん》で、役職《やくしょく》についている女の人が少ないと聞いてます。それを改《かい》善《ぜん》してほしいと思います」

「それは……女性《じょせい》が、管理職《かんりしょく》を望まないからじゃないかね？」

その時、杉田《すぎた》さんが、耳元で、

「先生、それは、今言わない方が……」

とささやいたので、知事は慌《あわ》てて発言の方向を変えた。

「いや、わたしとしてもだね。女性《じょせい》の活躍《かつやく》には大いに期待したいと思う」

「では、本日の会見は、これまでです」

記者たちがぞろぞろと帰っていった。小学生たちは、職員《しょくいん》に案内されて、県庁《けんちょう》の見学をすることになった。

そして、会議室にいた人がいなくなってから、知事と杉田《すぎた》さんは、知事室に戻《もど》った。

「杉田《すぎた》、鍵《かぎ》をかけろ」

知事はそう言って、杉田《すぎた》さんが鍵《かぎ》をかけたのを確認《かくにん》すると、乱暴《らんぼう》に背広《せびろ》を脱《ぬ》ぎ、着込《きこ》んでいた服もはぎ取るように脱《ぬ》ぎ捨《す》てた。顔の包帯も取《と》る。

「まったく、こんなに着込《きこ》んでいたら、鬱陶《うっとう》しくてたまらん」

それから、どっかとソファに座《すわ》り、あぐらをかく。

《和奏《わかな》は？》

ぼくが聞くと、知事が同じ言葉で杉田《すぎた》さんに聞く。

「和奏《わかな》は？」

「職員《しょくいん》に、ここに連れてくるように指示《しじ》しました」

その言葉どおり、しばらくするとドアがノックされた。そして、

「小平《こだいら》さんをお連れしました」

という声がした。杉田《すぎた》さんがドアを開けて、職員《しょくいん》に愛想《あいそ》よく言った。

「ごくろうさま」

杉田《すぎた》さんは、和奏《わかな》だけを部屋に入れて、またドアを閉《し》めた。和奏《わかな》が笑顔《えがお》を知事に

向ける。その笑顔《えがお》が視界《しかい》から消えた。

＊　＊　＊

はっと目を開くと、心配そうに和奏《わかな》がぼくの顔をのぞきこんでいる。

「びっくりさせないで、いきなり意識《いしき》を失うなんて」

「ごめん。眠《ねむ》かったみたい」

「今は、タカなんだね」

「うん」

ぼくは、あくびをしながらうなずいた。

「じゃあ、君たち、家まで送るからね」

と杉田《すぎた》さんに言われて、来た時と同じように、そっと知事室を出た。

車の中で、ぼくはまた、ついうとうとしてしまった。ところが……。

目覚めたあとも、表に出ていたのはぼくだった。

「おっさん、どうかした?」

——少し、疲《つか》れたようだ。

知事の声が聞こえた。

知事はまだ、ぼくの中にいた。でも、今までと少し違《ちが》う。そんな気がして、妙《みょう》な胸騒《むなさわ》ぎがした。

十三　病室の異変《いへん》

着ぶくれ記者会見の翌朝《よくあさ》、目覚めると、ぼくだった。

「おっさん、いるの？」

そう声をかけると、返事があった。

――なんだ、どうかしたか？

えらそうな口調に、ちょっと安心した。

けれども、学校にいる間、知事は一度もぼくに話しかけてこなかった。

放課後、ぼくは和奏《わかな》といっしょに帰った。

「昨日は大変だったね、着ぐるみみたいだったよ」

「知事の着ぐるみ？」

とぼくは笑った。

「そうそう、そんな感じ」

「でも、あの時は、知事が前に出ていたから」

「会見、けっこうスリリングだったけど、だれも疑《うたが》ってなかったみたい」

「うん。ぼくもずっとハラハラしてたけど、無事に終わってほっとした」

「小学生から原発反対って意見が出てよかったよね」

「そうだね。けっこうみんな鋭《するど》かったよね」

と、そんな話をしても、知事は何も言わなかった。ふだんなら、文句《もんく》の一つも言ってきそうなのに。

「実は、なんか、変なんだ」

ぼくは、昨日、知事室で入れ替《か》わってからずっと、知事が前に出てこないことを和奏《わかな》に告げた。

「じゃあ、そろそろ、本人の体に戻《もど》るってことなんじゃない?」

「それならいいんだけど」

そう答えながらも、なんだか悪い予感がして落ち着かない。けれどそのことは、和奏《わかな》には言えなかった。

和奏《わかな》と別れて、アパートの前まで来ると、黒い車が停まっていた。そして車の中から、杉田《すぎた》さんが出てきた。

「中林《なかばやし》くん、君を待っていたんだ。すぐにいっしょに来てくれないか？」

切羽詰《せっぱつ》まった杉田《すぎた》さんの表情《ひょうじょう》を見て、ぼくは、知事の体に何か起こったに違《ちが》いないと思った。

「ちょっと待ってて」

ぼくはアパートの階段《かいだん》を駆《か》け上《あ》がって、急いで鍵《かぎ》を開け、ランドセルを放り投げると、すぐにまた、家を飛び出した。

「乗って！」

杉田《すぎた》さんの言葉に、ぼくはうなずきながら、助手席に乗《の》り込《こ》んだ。

「何があったの？」

と聞くと、杉田《すぎた》さんは眉《まゆ》をぎゅっと寄《よ》せた。

ぼくは、知事に呼《よ》びかけた。

「おっさん、いるよね！」

答えはない。それでも、ぼくの中には、わずかな気配が残っている。

「先生は、いないのかい？」

「……わからない。完全にいなくなったわけじゃないみたいだけど。体の方に、何かあったの？」

「ずっと呻《うめ》いているんだ。朝からずっと。顔をゆがめて。奥《おく》さまが、おろおろしてしまって。医者にも原因《げんいん》がつかめないんだよ」

「知事の家族は、病院にいる知事が、ほんとは眠《ねむ》ったままだってこと、知らないんだったよね。けがのこと、どう思ってるんだろ」

「奥《おく》さまには、顔のけががなかなかよくならない、って話してる。実は、まだ包帯もしたままにしてるんだ」

「……なんで？」

「まったく表情《ひょうじょう》が動かないんだ。あの顔を見たら、寝《ね》ている時とはいえ、何かふつうじゃないと思うだろうから。意識《いしき》が戻《もど》ってないんじゃないかって」

だって、本体からすれば意識《いしき》不明だ、とは思ったが、さすがにそんなツッコミを入れている場合ではなかった。ぼくが眉《まゆ》を寄《よ》せると、杉田《すぎた》さんがまた口を開く。

「包帯で顔を隠《かく》して、ずっとごまかしてきた。奥《おく》さまがお見えになるたびに、先ほどまで仕事の話をされてました、とか、少し前にお休みになりました、とか言い続けて。でも、もう限界《げんかい》かもしれない。奥《おく》さまが来る時に限《かぎ》って寝《ね》てるって、不自然すぎるし。息子《むすこ》の文雄《ふみお》さんからは、疑《うたが》わしそうな目で見られている」

「何か気がつかれたってこと？」

杉田《すぎた》さんは首を横に振《ふ》った。

「そういうわけでもないんだけど。だって、事実はあまりに奇妙《きみょう》だからね。ただ、何か隠《かく》しているんじゃないかと、疑《うたが》ってるみたいなんだよ」

杉田《すぎた》さんは、重いため息をついた。結局、いちばん苦労したのはこの人かもしれない。

「それが、昨日の晩《ばん》から、本当に苦しそうに顔をゆがめて……」

黄色信号で突《つ》っ込《こ》み、スピード違反《いはん》じゃないか、というぐらいに、杉田《すぎた》さんが車を飛ばしたので、病院にはあっという間に着いた。

エレベーターに駆《か》け込《こ》んで、一気に最上階の特別室に向かった。部屋に入ったとたん、甲高《かんだか》い声が耳に届《とど》く。

「先生、先生、主人はどうなんですか！」

白衣のお医者さんが、首を横に振《ふ》る。ぼくを診《み》てくれた若《わか》い女性のお医者さんじゃなくて、いかにもえらそうな貫禄《かんろく》のある男の先生だった。

知事の奥《おく》さんが、にらみつけるように杉田《すぎた》さんとぼくの方を見た。

「杉田《すぎた》さん、なんなの？　この子は」

「実は……」

ぼくはへどもどしている杉田《すぎた》さんをちらっと見てから、視線《しせん》を知事に移《うつ》す。顔には包帯が巻《ま》かれたまま。目と鼻の穴《あな》と口だけが見えた。でも、肩《かた》の包帯はすっかり取れていた。

「おっさん！」

とぼくは呼《よ》んだ。

——……。

返ってくる言葉はなかった。だが、わずかな気配を感じる。でもその気配は、ぼくの頭の中に直接響《ちょくせつひび》いてくるのか、それとも、目の前で横たわっている人から伝ってくるのか、はっきりしなかった。

ぼくは、ベッドの脇《わき》に膝立《ひざだ》ちになって、知事の顔をのぞきこんだ。包帯をしていても、苦しそうに顔がゆがんでいるのがわかって、なぜかぼくも胸《むね》が苦しくなってきた。

同居《どうきょ》したばかりの頃《ころ》、知事は死にそうなんじゃないだろうか、と思ったことがあった。それで魂《たましい》がさまよっているのだろうと。けれど、何日もずっと知事と話したりけんかしたりしていて、なんだかんだといっても、エネルギーにあふれたおっさんだと思うようになった。ふてぶてしくて、図太くて。だけどやっぱり、知事は、死に近いところにいるのだろうか。

知事が、ウーッと苦しそうに呻《うめ》いている。ぼくは、とっさに知事の手を握《にぎ》った。

そして目を閉《と》じて心の中で、念じた。

おっさん、死ぬなよ……。

何度も何度も、呼《よ》びかける。おっさん、おっさん……。

「この子、いったいだれなの！　杉田《すぎた》さん、ちゃんと説明して！」

知事の奥《おく》さんが、きりきりした声で叫《さけ》んだ。

「奥さま、す、すみませんが……少しだけ、少しの間だけ、お静かに願います」

ぼくはそっと目を開く。そのとたん、何かがスーッとぼくの胸《むね》のあたりから出ていった。

「あっ！」

それは、白い煙《けむり》のようなもので、そのまま、しばし空をさまよい、顔をゆがめて横たわる知事の口の中に吸《す》い込《こ》まれるように、入っていった。

ズキンとぼくの胸《むね》が鳴った。いなくなった……。

そしてぼくは、そのまま、後ろに倒《たお》れた。

「…ヤシくん、……カバヤシくん！」

だれかがぼくを呼《よ》んでいる。この声は、杉田《すぎた》さん？　薄目《うすめ》を開くと、ドアップの杉田《すぎた》さんの顔。

「気がついたか。よかった」

ぼくは、杉田《すぎた》さんに抱《だ》きかかえられていた。ゆっくりと身を起こして立ち上がる。

「知事は？」

「わからない」

「…………」

「でも、容態《ようだい》は落ち着いている。寝《ね》ているようだと、先生がおっしゃった」

「じゃあ、前と同じだということ？」

「いや、そうじゃない。さっきまでは、なんというか、空っぽな感じがしたんだ。でも、今は、本当に夜眠《ねむ》っているようなおだやかな顔をしている」

ふと窓《まど》の外を見ると、外はすっかり暗くなっていた。

「いったい、この子はだれなの？」

知事の奥《おく》さんが改めて聞いた。ぼくは初めて、その人の顔を正面から見た。きれいな人だった。そして、知事よりは、ずいぶん若《わか》そうだった。

「この少年は、先生と同じ時に事故《じこ》に遭《あ》って、実は先生がとても気にかけていた子なんです。一度、病室に招《まね》いて、先生とも話をされています」

杉田《すぎた》さんのウソの説明を、知事の奥《おく》さんがどう思ったかはわからない。でも、

「ぼく、帰らなくちゃ。母さんが、心配する」

と言うと、それ以上何も言われなかったし、引《ひ》き留《と》められることもなかった。

杉田《すぎた》さんは、病院の玄関《げんかん》まで送ってくれて、ぼくのためにタクシーを呼《よ》んでくれた。

「そうだ、これ」

ぼくはポケットから、知事の携帯《けいたい》を取り出して、杉田《すぎた》さんに返した。

「夢《ゆめ》のような日々だったな」

「悪夢《あくむ》のような、でしょ」

とぼくが言うと、杉田《すぎた》さんが少し笑った。

「たしかに」

「でも、ちょっとは、おもしろいこともあったかも」

「そうか」

「知事、起きるかな」

「そう信じてる。目が覚めたら、連絡《れんらく》するよ」

ちょうどその時、タクシーがやってきた。杉田《すぎた》さんが、タクシー券《けん》を運転手に渡《わた》して、ぼくの家の住所を告げる。それから、

「大事な方のお身内なので、しっかり送ってください」

と言《い》い添《そ》えた。

十四　知事の訪問《ほうもん》

知事が目覚めたという連絡《れんらく》はなかなか届《とど》かなかった。

ぼくは、病室でのことを、和奏《わかな》に告げた。

「あたしは、よかったんじゃないかって思うけど。タカが元に戻《もど》れて」

「……でも」

「大丈夫《だいじょうぶ》。あの人、ちょっとやそっとじゃ死にそうもないもん」

「会ったこともないのに?」

「そうだけど、ずいぶんしゃべったから」

たしかに、事故《じこ》があってから、実際《じっさい》に知事と言葉をかわしたのは、杉田《すぎた》さんと和《わ》奏《かな》だけだ。

「でも、タカとしてはちょっと心配だよね。他人って感じじゃなくなってるのかも」

「…………」

「あたしは、やっぱり知事のやってることには腹《はら》が立つし、だからあたしも反知事派《は》だよ。けど、なんていうか、どっか憎《にく》めない感じ、あるんだよね」

「そっか」

なぜだかぼくは、少しだけうれしく感じた。

「でもそれは、タカの体を通して、知事と向き合っていたせいかもしれないけど」

それは、ぼくが事故《じこ》に巻《ま》き込《こ》まれてからちょうど一ヵ月後の、五月の連休が終わって少したった夜のこと。

ふと、外の空気を吸《す》いたくなって、ぼくはベランダの窓《まど》を開けて外に出た。初夏らしい、暖《あたた》かな空気が頬《ほお》をなでる。星を見ていると、自動車の音が聞こえてきた。

視線《しせん》をアパートの前の道に移《うつ》すと、近づいてきた車がアパートの真ん前に停まった。ヘッドライトがふっと消える。どこかで見たことのある車だった。

ぼくがベランダから部屋の中に戻《もど》るとすぐに、ピンポンとドアホンが鳴った。

「こんな夜に、だれかしら？」

母さんが、首をかしげながら玄関《げんかん》に向かう。ぼくもすぐ後ろからついていった。

「どちらさまですか？」

返事の代わりに、コホンという咳払《せきばら》いが聞こえた。ぼくは、母さんの前に出て、ドアを開けた。

「タカ、すぐに開けたらだめ……」

ドアの前に立つ男の人を見て、母さんは、言いかけた言葉を途中《とちゅう》で飲《の》み込《こ》んだ。

間近で初めて見た顔。病室では包帯をしていたので顔はわからなかったから。でも、すぐにわかった。そしてなぜか、少しだけ懐《なつ》かしく感じた。

よかった。無事、目覚めたのだ。

母さんも、相手がだれだかわかったようで、ぽかんとした顔を向けている。

「ここは、中林尊憲《なかばやしたかのり》くんのお宅《たく》で、間違《まちが》いないかね」

そのしゃべり方が懐《なつ》かしい。口にした言葉には、わかってるくせに、とツッコミたくなったけど。

でも、これが本当の知事の声なのだ。ボイスチェンジャーでぼくの声を低くしたものとは、やっぱり違《ちが》っていた。

「そうですが」

母さんは、まだ知事のことを怪訝《けげん》そうな表情で見ている。

「尊憲《たかのり》くんが、わたしと同じ時に、事故《じこ》に巻《ま》き込《こ》まれたと聞いてな。今日は、見舞《みま》いの品を持参したんだが、ちょっとお邪魔《じゃま》していいかね」

母さんが黙《だま》っているので、ぼくが代わりに答えた。

「どうぞ、狭《せま》い家だけど」

母さんも、無表情《むひょうじょう》のまま、

「どうぞ、狭苦《せまくる》しい家ですが」

と、ぼくと同じようなことを言った。

「前の道に車停めるの、駐車違反《ちゅうしゃいはん》だけど」

「杉田《すぎた》……秘書《ひしょ》の杉田《すぎた》が乗っているから、大丈夫《だいじょうぶ》だ、よ」

わざとらしく「よ」を言い足して、知事がにやっと笑ったので、ぼくもつい、吹《ふ》き出《だ》しそうになったけれど、母さんがいるので、必死に真顔を保《たも》った。

ちゃぶ台のそばに座布団《ざぶとん》を出すと、知事はどっかと座《すわ》る。母さんがお茶を淹《い》れようとキッチンに立ったすきに、

「いつ、起きたの？」

と聞いた。

「おまえが病院に来た日の翌朝《よくあさ》だ」

「杉田《すぎた》さんが、すぐに知らせるって言ってたのに」

「おれもあいつも、おまえの家の電話番号を知らなかったんだ」

「そんなの、知事の権限《けんげん》で、調べられるんじゃないの？」

「それは、職権乱用《しょっけんらんよう》というものだ。というより、おれは、直《じか》におまえに会いにいこうと思った」

知事と目が合った。まじまじと見る。ぼくにとっては、おじいさんと言ってもいいくらいの歳《とし》の人。でも、この人は強面《こわもて》の県知事なのだ。自衛隊《じえいたい》の基地《きち》をアメリカ軍が使うことを認《みと》め、原発再稼働《さいかどう》をめざしている人なのだ。

母さんが、お茶を出す。

「突然《とつぜん》、すみませんな」

「……いえ」

「見舞《みま》いに何がいいか考えてな。金というわけにもいかんし。尊憲《たかのり》くんは、来年中学生と聞いた。それで……」

知事は紙袋《かみぶくろ》から包みを取り出した。

「でも、どのような理由で？」

「そうお堅《かた》いことを言うな。同じ時に事故《じこ》に遭《あ》ったというのも何かの縁だろう。もちろん、公費など使ってない。……開けてごらん」

ぼくが包みを開くと、電子辞書が出てきた。

「おれは、紙の辞書の方がいいんだが、なんでも、五教科の学習に役立つとのことだ」

母さんは、どう応《おう》じたらいいのかわからない、という風に、かすかに首をかしげる。でも、ぼくは、

「ありがとうございます」

と言って受け取った。それぐらいのことはしたんじゃないかと、自分で思ったからだ。

知事は、出されたお茶をズズッとすすった。その時また、轟音《ごうおん》がして窓《まど》がガタガタと揺《ゆ》れた。

「ずいぶん、うるさいんだな」

知事が眉《まゆ》を寄《よ》せる。

「アメリカ軍の航空機ですよ。夜間の訓練飛行を認《みと》めたのは、県知事でしょう」

母さんがぴしゃりと言った。一瞬《いっしゅん》、ムッとした顔つきになった知事だけど、すぐに、まったく別のことを口にした。

「あんたの亡《な》くなった母親というのは、おれと同じで青田市《あおたし》の出身だそうだな」

「よくご存《ぞん》じですね」

「あんた、市役所で働いているんだろ？」

「非常勤《ひじょうきん》ですけどね」

「あんたのいる職場《しょくば》の部長を知っている」

「そうですか」

「線香《せんこう》を、あげさせてもらえんかね」

「えっ?」

「同世代の、同郷《どうきょう》の誼《よしみ》でな」

母さんは、少しの間黙《だま》っていたが、

「じゃあ、こちらへ」

と言って、知事を仏壇《ぶつだん》の前に案内した。でも、ろうそくに火を点《とも》すと、母さんはキッチンの方に行ってしまった。

知事は、線香《せんこう》に火をつけて立てると、手を合わせた。ぼくもいっしょに手を合わせる。なんとなくだけど、そうした方がいいような気がしたのだ。

「……おれも、同級生と結婚《けっこん》したんだ」

ぽつりと知事が言った。

「ウソ。おっさんより、ずっと若《わか》そうだったよ」

「あれは、二人目の妻《つま》だ」

「ええ？　バツイチだったの？」

「まあ、そういうことだな」

それからなおも、知事はばあちゃんの写真をじっと見つめていた。その表情《ひょうじょう》は、びっくりするぐらいおだやかだった。

しばらくたってから、知事は、

「もう、ここに来ることもないだろう。まあ、おまえもがんばって生きろ」

とぼくにささやくと、母さんに「邪魔《じゃま》をしたな」と言い、軽く頭を下げて帰っていった。

「そんなに悪い人じゃないのかもしれないわね」

ぽつりと母さんがつぶやいた。

「かもね」

「でも、やっぱり、原発の再稼働《さいかどう》をしようとしたり、許《ゆる》せないわね」

「だね」

「今、署名《しょめい》を集めているのよ。わたしも、倫子《みちこ》さんや和弥《かずや》さんに誘《さそ》われて、いっしよにやることにしたの」

「署名《しょめい》って？」

「原発の再稼働《さいかどう》について、住民投票をやるための署名《しょめい》。赤浜町《あかはまちょう》だけじゃなくて、県全体で考えようということで」

「そうだったんだ」

「それでね、もう少しで、五十分の一の署名《しょめい》が集まるの」

「でも、拘束力《こうそくりょく》ないんでしょ、住民投票って」

「あら、よく知ってるわね。だけど、たとえそうでも、いろんな運動をしていくことが大事だから」

十五　「わたしたちの未来」

住民投票を請求《せいきゅう》するための署名《しょめい》が集まったと、母さんがうれしそうに話してくれたのは、知事の訪問《ほうもん》後、十日ぐらいたった頃《ころ》だった。

そしてその署名《しょめい》を知事に届《とど》ける様子が、テレビで放映《ほうえい》された！　といっても、地元のケーブルテレビで、だけど。

ぼくはその放送を、和奏《わかな》の家で見た。和奏《わかな》と和奏《わかな》の両親、そしてぼくの母さんの五人で録画を見ることにしたのだ。

母さんたちは、署名《しょめい》運動をしてきた団体《だんたい》のメンバーだ。団体《だんたい》の名前は、「赤浜《あかはま》原発再稼働《さいかどう》の是非《ぜひ》を問う住民投票条例制定《じょうれいせいてい》をめざす会」という長いものだった。

署名《しょめい》運動が始まったのは、何ヵ月も前のことだったという。活動を始めたばかりの頃《ころ》の映像《えいぞう》も、ケーブルテレビ局では撮《と》っていた。

「あれ？　ママたちも映《うつ》ってる！」

と和奏《わかな》が声をあげた。そう、署名《しょめい》運動のやり方をめぐって議論《ぎろん》している人びとの中に、和奏《わかな》の両親がいたのだ。そしてこの間、会議をやったり、集会をやったり、いろいろ準備《じゅんび》をしてきたのだそうだ。

集会の時、壇上《だんじょう》で演説《えんぜつ》をしている女の人が映《うつ》った。

「あ、田中《たなか》さんだよね」

また和奏《わかな》が言って、ぼくが、

「だれ？」

と聞く。

「ママの友だち。前に会ったことあるんだ。東京《とうきょう》で、区議会議員をやっているの」

「そういえば、その人のこと、前に聞いたかも」

「田中《たなか》さんのところでも、脱原発宣言《だつげんぱつせんげん》を出すために、住民投票条例《じょうれい》の制定《せいてい》をめざしてるのよ」

と、和奏《わかな》のお母さんが説明してくれた。

テレビの画面が切《き》り替《か》わって、知事が映《うつ》った。そばに杉田《すぎた》さんがいる。

「杉田《すぎた》さ……」

和奏《わかな》がそう言いかけてから、手で口を押《お》さえる。ぼくと目が合うと、にやっと笑った。

知事の様子がおかしいと言われて病院に行った日から、杉田《すぎた》さんとは一度も会っていない。でもぼくたちは、あの無茶《むちゃ》な記者会見を乗り切った同志《どうし》なのかもしれない。よくもまあ、あんなことがばれずにできたものだと、改めて思った。

画面が、今度は署名《しょめい》を渡《わた》そうとする人たちの後《うし》ろ姿《すがた》を映《うつ》す。カメラがその人たちに近づく、署名《しょめい》を持った人が一歩前に出た。

「あ！」

ぼくは思わず声をあげた。それは、母さんだった。母さんの方を見ると、少し照れくさそうに笑った。

「堂々としてたよ。初めてとは思えないくらい」

と、和奏《わかな》のお父さんが言った。すると、今度は和奏《わかな》のお母さんがくすっと笑う。

「妙《みょう》なこと、言われたのよね、あの時」

「妙《みょう》って?」

和奏《わかな》が聞いた。

「民世《たみよ》さんに向かってね、知事が言ったの。あんた、今度、町議会議員の選挙に出んかね、って」

「まったく、何を言ってんだか」

母さんはそう言って笑ったけれど、和奏《わかな》のお母さんも、

「案外、向いてるんじゃないかしら。民世《たみよ》さん、だれとでもすぐに親しくなっちゃうし。そしたら、わたし、秘書《ひしょ》やるわ」

なんて言った。

「あら、わたしより、倫子《みちこ》さんの方がずっと向いてるわよ。わたしなんて、まだこういう活動を始めたばかりだし」

と母さん。

「どっちでもいいけど、あたしは将来《しょうらい》、国会議員になろうかな」

和奏《わかな》の言葉に、みんなが一斉《いっせい》に、

「えー！」
と叫《さけ》んだ。でもそれは、否定的《ひていてき》な叫《さけ》びではなかった。

住民投票条例《じょうれい》ができるということは、住民投票を実施《じっし》するということ。署名《しょめい》が集まったので、議会で議論《ぎろん》した結果、条例《じょうれい》が制定《せいてい》された。

そのニュースが伝わった数日後の日曜日に、知事と小学生の懇談会《こんだんかい》が行われることになった。懇談会《こんだんかい》の場所は、県民文化センターの小ホール。この懇談会《こんだんかい》の模様《もよう》は、なんとケーブルテレビで生中継《ちゅうけい》されるという。

その日、ぼくは母さんといっしょに出かけた。しばらくすると、三百人ほど入れる会場はほぼ満席になった。大人と子どもが半々ぐらいだ。会場には幹生《みきお》も来ていた。それから、なぜだか真二郎《しんじろう》も。

代表に選ばれた小学生の中に、和奏《わかな》がいる。ほかは県内各地から集まった子たち。あの記者会見の時に、最初に質問《しつもん》をしたメガネの子もいた。

やがて、開始を告げるブザーが鳴った。そして、司会の人が現《あらわ》れて挨拶《あいさつ》。それから、懇談会《こんだんかい》に先立って、知事の話を聞くことになった。

相変わらずふてぶてしい態度《たいど》で舞台《ぶたい》の真ん中に立った知事は、マイクの前で、コホンと咳払《せきばら》いをした。

「懇談《こんだん》に先立ち、みなさんに、お伝えしておくことがある。先に、原発再稼働《さいかどう》の是非《ぜひ》についての署名《しょめい》を受け取り、議会で議論《ぎろん》をした結果、住民投票条例《じょうれい》が制定《せいてい》されたことは、承知《しょうち》しておられると思います。ただし、投票率《とうひょうりつ》が五十パーセントに達しない場合、開票する義務《ぎむ》はないのであります」

そう言ったとたん、母さんが顔をしかめた。

「この期《ご》に及《およ》んで……」

でも、知事が続けたのは、母さんが、そしてぼくが予想した言葉とは違《ちが》っていた。

「義務《ぎむ》はありません。だが、わたしは、たとえ五十パーセントに達しなくても開票し、その結果を考慮《こうりょ》したいと思う。たとえ五十パーセント未満でも、県民は、真剣《しんけん》に県のことを考えて投票に出向いたのであろうから、その一人一人の意志《いし》をしっかりと確認《かくにん》した上で、結果に謙虚《けんきょ》に耳を傾《かたむ》けたいと思います」

「え?」

母さんが、きょとんとした顔を向けた。知事はまたすぐに口を開いた。

「私事《わたくしごと》で恐縮《きょうしゅく》だが、この間、たまたま、小学生とじっくり話す機会がありました。物が豊《ゆた》かになった現代《げんだい》に、朝食が食べられない子がいたり、修学《しゅうがく》旅行に行けない子がいたりするという。わたしが子どもの頃《ころ》は、社会が貧《まず》しかった。でも、今は違《ちが》う。以前よりも貧富《ひんぷ》の格差《かくさ》が広がっているのです。しかし、どのような状況《じょうきょう》であっても、子どもが夢《ゆめ》を奪《うば》われてはならない。わたしは、すべての子どもらの未来が明るくなるよう、願わずにはいられない、と思うようになった。そう表明をした上で、これから、小学生諸君《しょくん》との懇談《こんだん》に臨《のぞ》みたい。未来をになう子どもたちとの話し合いを楽しみにしていたので、今日のイベントの名称《めいしょう》を、『わたしたちの未来』としました。これから、小学生諸君《しょくん》が何を話してくれるのか、じっくり聞いて、語り合えることを楽しみにしています」

知事が軽く頭を下げると、会場から大きな拍手《はくしゅ》が起こった。そして、同時に、六人の小学生たちが舞台《ぶたい》に入場してきた。

和奏《わかな》、がんばれ！
ぼくは、心の中で、そう叫《さけ》んだ。

エピローグ

原発の再稼働《さいかどう》をめぐる住民投票の結果が出た。残念ながら、投票率《とうひょうりつ》は五十パーセントに達しなかった。でも、開票の結果、再稼働《さいかどう》に反対する声が、圧倒的《あっとうてき》に多かった。

大井《おおい》知事は、六月の定例議会が開かれる前日の記者会見で、次の知事選には出馬しないと表明した。

そうして夏が訪《おとず》れた。

今、母さんたちは、アメリカ軍の夜間飛行訓練の制限《せいげん》を求める署名《しょめい》を集めている。本当は、アメリカ軍の基地利用そのものがなくなればいい。でも、できることから一歩ずつやっていこうと、母さんは語った。和奏《わかな》は、自分も手伝うと言っている。タカも手伝うよね、と言われてうなずいた。

ぼくは、図書館に行くたびに、あの事故現場《じこげんば》に立つ。なぜ、あんなことが起こったのだろう。それは今もわからない。何ヵ月かたった今では、なんだか夢《ゆめ》だったような気にさえなる。

でもやっぱり、ぼくには大井《おおい》知事が他人とは思えなくなっていた。けっして好きってわけじゃないけれど。

空を見上げる。今もまた、耳障《みみざわ》りな音を立てて航空機が飛んでいく。でも、ぼくたち一人一人が声をあげれば、それだって変わるのかもしれない。

〈作者略歴〉
濱野京子（はまの　きょうこ）
熊本県生まれ、東京育ち。『フュージョン』（講談社）で第2回JBBY賞、『トーキョー・クロスロード』（ポプラ社）で第25回坪田譲治文学賞を受賞。その他の作品に、『バンドガール！』（偕成社）、『ソーリ！』（くもん出版）、『ドリーム・プロジェクト』（PHP研究所）、『夏休みに、ぼくが図書館で見つけたもの』（あかね書房）などがある。

デザイン ● 鴨野丈（KAMOJO Design）
組版 ● 株式会社 RUHIA
プロデュース ● 伊丹祐喜（PHP研究所）

カラフルノベル

県知事は小学生？

2020年2月4日　第1版第1刷発行

作　濱野京子
絵　橋はしこ
発行者　後藤淳一
発行所　株式会社PHP研究所
東京本部 〒135-8137 江東区豊洲5-6-52
児童書出版部 ☎03-3520-9635（編集）
普及部 ☎03-3520-9630（販売）
京都本部 〒601-8411 京都市南区西九条北ノ内町11
PHP INTERFACE https://www.php.co.jp/
印刷所　株式会社精興社
製本所　株式会社大進堂

ISBN978-4-569-78912-5

NDC913　207P　20cm